外国经典
诗　　歌
珍藏丛书

拜伦诗选

柳鸣九 / 主编　聂珍钊 / 编选
杨德豫 查良铮 刘让言 杜秉正 / 译

时代文艺出版社

图书在版编目（CIP）数据

拜伦诗选 / (英) 拜伦著；聂珍钊编选；杨德豫等译. — 长春：时代文艺出版社，2020.4
(外国经典诗歌珍藏丛书 / 柳鸣九主编)

ISBN 978-7-5387-6205-1

Ⅰ. ①拜… Ⅱ. ①拜… ②聂… ③杨… Ⅲ. ①诗集－英国－近代 Ⅳ. ①I561.24

中国版本图书馆CIP数据核字（2019）第280056号

出品人 陈 琛
产品总监 邓淑杰
责任编辑 王 峰
助理编辑 王金弋
封面绘画 刘星宇
装帧设计 孙 利
排版制作 隋淑凤

拜伦诗选

[英] 拜伦 著　聂珍钊 编选　杨德豫 等译

出版发行 / 时代文艺出版社
地址 / 长春市福祉大路5788号　龙腾国际大厦A座15层　邮编 / 130118
总编办 / 0431-81629751　发行部 / 0431-81629755　北京开发部 / 010-63108163
官方微博 / weibo.com / tlapress　天猫旗舰店 / sdwycbsgf.tmall.com
印刷 / 三河市万龙印装有限公司
开本 / 880mm × 1230mm　1 / 32　字数 / 203千字　印张 / 9.125
版次 / 2020年4月第1版　印次 / 2020年4月第1次印刷　定价 / 35.00元

编者、译者简介

聂珍钊

湖北秭归人。现任华中师范大学文学院教授，比较文学与世界文学博士点学科带头人，英美文学与比较文学研究所所长，《外国文学研究》杂志主编，《世界文学研究论坛》（中美合办）主编，同时担任国家级精品课程《外国文学史》主持人，马克思主义理论研究和建设工程《外国文学史》第一首席专家，国家哲学社会科学规划（基金）外国文学学科评委，中国外国文学学会副会长，湖北省外国文学学会会长，国际学术组织“中美诗歌诗学协会”（Chinese\American Association for Poetry and Poetics，Upenn）副会长。曾两次获教育部人文社会科学研究优秀成果奖二等奖（第一届，第五届）。主编的学术期刊《外国文学研究》于2005年被A&HCI收录，已成为一份有影响的国际性学术期刊。

杨德豫（1928—2013）

我国著名翻译家，历任湖南人民出版社和湖南文艺出版社编辑。翻译的诗集主要有《朗费罗诗选》、莎士比亚长诗《鲁克丽丝受辱记》《拜伦抒情诗七十首》《湖畔诗魂——华兹华斯诗选》《华兹斯、柯勒律治诗选》。

查良铮（1918—1977）

笔名穆旦、梁真，“九叶诗派”的代表诗人和著名翻译家，翻译的诗集主要有《普希金抒情诗集》《青铜骑士》《欧根·奥涅金》《雪莱抒情诗选》《拜伦抒情诗选》《唐璜》《济慈诗选》等。

刘让言

笔名罗冰。历任西北师范学院、兰州艺术学院及兰州大学讲师、副教授、教授，系主任，《甘肃文学》主编，甘肃省作家协会主席、名誉主席。翻译作品主要有拜伦的诗剧《曼弗雷德》等。

杜秉正（1912—2004）

北京大学教授，曾翻译拜伦的诗剧《该隐》和《科林斯的围攻》以及其他文学作品。

献身自由事业的浪漫主义诗人拜伦（序）

聂珍钊

在19世纪浪漫主义时代，不拘世俗的大诗人拜伦用他的如椽巨笔，饱蘸似火的热情，写下无数美妙的诗篇，震撼了整个欧洲。他的苦痛、激情、力量和智慧，促进了19世纪中叶欧洲的民主运动，鼓舞了未来的诗人、斗士，激发了他们的创作灵感，为他们输送了创作的养料。拜伦是自由的诗人，民主的卫士，叛逆的典型。他一生放荡不羁，我行我素，从不向社会恶势力屈服低头。他既是文学家，也是政治家。他歌颂自由民主，抨击专制暴政，描写人类的美好情感，记录时代的苦难历程，被歌德称为“19世纪最伟大的天才”。有人说：“只要人类还没有失去对自由爱国、民族独立和个性发扬的思慕与渴望，诗人拜伦的气魄便会永久地阔步在大地上。”

一

乔治·戈登·拜伦（George Gordon Byron）于1788年1月22日出生于伦敦一个没落贵族家庭，祖父是海军中将，因其出海必遇暴风而被称为“暴风杰克”。父亲约翰·拜伦是英国陆军的近卫军官，因挥霍钱财和沉湎酒色而被人称为“疯子杰克”，曾同卡尔马瑟侯爵夫人生下一女，即拜伦的异母姐姐奥古丝达。拜伦的母亲凯瑟琳·戈登是苏格兰的大家闺秀，拥有两万三千镑的财产，但很快就被丈夫挥霍殆尽。拜伦天生跛足，曾因此受到讥讽而在其幼小的心灵里留下创伤。拜伦三岁丧父，由母亲抚养长大。1798年拜伦十岁时，伯祖父去世，拜伦继承了家族的世袭爵位以及纽斯泰德的产业，成为拜伦第六世勋爵。

1801年，拜伦进入贵族学校哈罗公学学习，喜欢阅读历史和传记。拜伦是一个公认的聪明学生，但也是一个公认的懒惰学生。1805年，拜伦从哈罗公学毕业后，进入剑桥大学三一学院学习。在大学期间，拜伦放荡不羁，自由懒散，喜好射击、赌博、饮酒、打猎、游泳、拳击等活动，很少听课，学习并不刻苦。但拜伦喜欢阅读，在大学期间广泛阅读了欧洲和英国的文学、哲学和历史著作。尤其是他通过广泛接触启蒙主义思想家伏尔泰、卢梭等人的著作，逐渐形成了资产阶级民主主义思想。1807年，拜伦出版第一部诗集《懒散的时刻》（*Hours of Idleness*）表现出对现实的不满和对庸俗虚伪的上流社会的鄙视。我们在这部诗集里看到，拜伦在幻想世界里找不到出路，情绪哀怨、消沉，诗中虽然也有诗人热爱生活的奔放热情，但更多的却是脱离现实的悲哀音调。这部诗集出版后受到《爱丁堡评论》的粗暴批评，拜伦写了长篇讽刺诗《英国诗人和苏格兰评论家》（1809）予以还击，同时也对湖畔派诗人脱离社会重大问题和神秘主义的倾向给以讽刺。这是一首率直的、悲愤和辛辣的诗，它奠定了拜伦作为讽刺诗人在文学中的地位。在剑桥大学的几年时间里，拜伦的思想发生了显著变化。他玩世不恭，疾恶如仇，怀疑一切，追求自由。随着年龄的增长，他的思想不仅逐渐成熟，而且在英国诗坛初露锋芒，获得声誉。1808年7月，拜伦获得剑桥大学颁发的硕士学位，终于结束了三年的大学生活。

1809年，拜伦大学毕业，承袭了上议院议员的席位。由于受到歧视，心情苦闷，拜伦出国远游，先后游览葡萄牙、西班牙、阿尔巴尼亚、希腊、土耳其等地，于1811年冬天回国。这次旅行使他大开眼界，尤其是他耳闻目睹了西班牙人民抗击拿破仑侵略军的壮烈景象以及希腊人民在土耳其奴役下的痛苦生活，使他有了创作的灵感，在旅途中写成了震动欧洲诗坛的长诗《恰尔德·哈罗德游记》的第一、二章。1811-1812年，英国中部北部爆发了路德派领导的纺织工人暴动，捣毁许多工厂的机器。为了保护资本家的利益，1812年2月英国下议院通过了《严禁纺织机破坏法案》，规定凡破坏机器者一律处死。在法案提交上议院审议时，拜伦出席国会发表了他的第一次国会演说。虽然拜伦极力为破坏机器的路德派工人辩护，尖锐抨击政府当局的血腥镇压政策，表达对工人群众的深切同情，但是议会不顾拜伦的抗议，仍然通过了血腥的法案。1812年3月2日，拜伦在《纪事晨报》上发表愤怒的诗篇《“编织机法案”编制者颂》，辛辣讽刺英国社会资产阶级与无产阶级的矛盾。这首诗把矛头指向英国现实社会，直言不讳，表现出鲜明的现实主义倾向，是英国文学史上第一篇谴责资本主义惨无人道的剥削方式的杰作。这一年，《恰尔德·哈罗德游记》第一、二章出版，震动了英国文坛，一时间拜伦名满欧洲。

1813年，拜伦向安·密尔班克小姐求婚，于1815年1月结婚。婚后一年，拜伦夫人便带着出生一个多月的女儿回到自己家中，开始同拜伦分居，拜伦因此遭到英国贵族社会和教会的攻击，不得不于1816年4月25日离开英国，开始了在欧洲的流亡。在流亡期间，拜伦不仅创作了一系列抒情诗、叙事诗、诗剧，而且还在瑞士结识了雪莱，在意大利参加了烧炭党人的活动。拜伦为革命党人撰写传单、宣言，在起义前夕把自己的住宅提供给烧炭党人充当军火库，尽力支持革命。烧炭党人的活动失败后，拜伦又开始关注希腊的民族解放运动。1823年夏天，拜伦乘坐自己出资装备的战斗舰“赫库利斯号”前往希腊，投身希腊人民的民族解放斗争，被授予总司令的称号。在迈索隆吉翁的三个多月时间里，拜伦在军事上致力于独立军团的组织建设，建立海军，整顿部队纪律，雇请外国军官训练士兵，自费支付军饷。在经济上捐献出自己的财产，购置军火和各种军需物资，努力建设一支强大的军队。他与士兵同甘共苦，生活简朴，深得军队爱戴。在艰苦的环境中，拜伦真正认识了他所从事的事业的价值，认识到人生的意义，真正感到了满足。1824年1月9日，拜伦淋雨后病倒了。4月19日，拜伦终因病情恶化而永远离开了这个世界。他在临终前表达了自己的宽慰："我不为生命的丧失而悲伤，正是为了结束我厌倦的存在，才来到希腊。我的财产，我的能力，我都献给了她的事业，哦，还有我的生命。"希腊的独立政府宣布为拜伦举行国葬，全国哀悼三天。6月29日，拜伦的灵柩运抵伦敦，于7月16日安葬于纽斯台德附近的赫克诺尔，墓碑上刻着按照拜伦异母姐姐奥古丝达的意见起草的铭文："他在1824年4月19日死于希腊西部的迈索隆吉翁，当时他正在英勇奋斗，企图为希腊夺回她往日的自由和光荣。"

拜伦没有看见希腊最后的胜利，但他用自己的牺牲向世界发出了正义的号召，激励了欧洲各国人民，捐助和志愿人员纷纷从英国、法国、俄国汇集到希腊。三年以后，希腊人民赢得了胜利。希腊人民没有忘记拜伦，他们为拜伦修了英雄花园，以纪念为他们的事业奉献了生命的英雄。

二

拜伦是英国浪漫主义文学的一代宗师。他继承启蒙运动的优良传统，用诗歌在18世纪的启蒙文学和19世纪的浪漫主义文学之间架设起一座桥梁。在十几年的文学生涯里，他高举浪漫主义运动的旗帜，始终不懈地用诗歌为欧洲各国人民反封建专制的斗争助威呐喊。他的诗歌创作始终贯穿着强烈的反叛精神，不仅对英国文学而且也对欧洲文学产生了积极的影响。拜伦坚持批判社会罪恶，反抗专制社会，因而曾经遭到迫害、放逐，经受了孤独和痛苦。他游戏一生，不断同空虚、寂寞、堕落搏斗。他鼓舞起自己的战斗激情，满怀信心地投入人生的战斗。他通过自己的作品记录下他对生活的各种体验，表达了自己的思想和观点。他充分发挥自己的艺术才能，给我们留下了无数瑰丽的诗篇。命运之神夺走了他的宝贵生命，然而他以自己的行动和作品而获得永生。命运对他是不公正的，然而命运又成全了他的伟大和不朽。拜伦的全部创作遗产证明，他是英国浪漫主义文学时期一个天才的抒情诗人。在他写作的一系列抒情诗里，无不流露出他的热情、想象以及对社会现实的关注。他把自己的现实观察、哲学思考、人生感悟等都写进了自己的作品里，抒发心中爱情的萌动与渴望，如《悼玛格丽特表姐》《给M.S.G》《为别人祝福的痴情祷告》《诀别词》；表达对友谊的回忆与珍视，如《赠一位早年的朋友》《给赛沙》；表达对虚伪社会现实的评说与批判，如《“编织机法案”编制者颂》《路德派之歌》《写给奥古丝达》；抒写敢于战斗的豪情，如《希腊战歌》《安恬之死》《扫罗王最后一战的战前之歌》《咏“荣誉军团”星章》；抒写对人生的理解与感悟，如《“传道者说：凡事都是虚空”》《当这副受苦的皮囊冷却》。在这些瑰丽的诗篇里，拜伦巧妙运用独特的诗歌技艺，把叙事、抒情、说理融为一体，充分展示了拜伦作为诗人的胆魄与才华。

在拜伦创作的一系列优秀诗篇里，他于1813年至1816年间创作的一组以东方故事为题材的传奇作品，具有特殊的价值。这一组独具特色的诗歌被称为《东方叙事诗》，由《异教徒》《阿比杜斯的新娘》《海盗》《莱拉》《柯林斯之围》和《巴里西纳》六部长诗组成。19世纪初，英国各界对东方世界感到强烈的好奇，对异国的神奇土地充满向往。拜伦也同样如此。早在1809–1811年间，他的东方之行不仅极大地开阔了自己的眼界，而且为他后来创作《东方叙事诗》积累了生活素材。他创作的这些长诗以西亚和南欧为背景，具有浓厚的异国情调。诗歌中拜伦塑造了一批著名的带有拜伦自身思想性格特征的英雄形象，即以作者命名的“拜伦式英雄”的形象。这些形象主要由海盗、异教徒、被放逐者等组成，大都是高傲、孤独、倔强的叛逆者,如《异教徒》中的威尼斯人；有的是强者形象，如《海盗》中的康拉德和《阿比杜斯的新娘》中的塞里姆；有的是叛逆者形象，如《莱拉》中的莱拉，《科林斯的围攻》中的艾尔普。在这些形象身上，可以发现与拜伦同时代作家或此前作家笔下所塑造形象的不同特点。他们都是一些单枪匹马的复仇者，有着崇高的道德观和侠义心肠，热爱自由，忠于爱情。他们带有贵族血统，愤世嫉俗，高傲神秘。拜伦式英雄具有坚强的意志、强烈的反叛精神、叱咤风云的勇气和各种狂热而又浪漫的冒险经历。他们与其生活的社会势不两立，独自与命运抗争，追求自由解放。但是他们往往孤军奋战，最后总是以失败告终。这类人物表现出矛盾的思想和非凡的性格，他们热情似火，热爱生活，追求爱情，渴望幸福，与社会恶势力势不两立，敢于蔑视现存制度，做一个社会的反叛者。但是，他们的思想基础是个人主义和自由主义，没有明确的政治目标和清晰的社会理想，往往傲世独立，行踪诡秘，好走极端，在斗争中单枪匹马，远离群众，因而注定了他们以失败告终。

拜伦的《东方叙事诗》题材新颖，叙事抒情，意境深远，充满了浪漫情调。在拜伦的创作中，《东方叙事诗》为拜伦式英雄提供了一个尽情展示自我性格特征的舞台，发展了此前拜伦开始创作的浪漫诗篇《恰尔德·哈罗德游记》中的主人公形象，使拜伦式英雄形象变得更丰满、更生动、更有特点。在以后的诗剧《曼弗雷德》《该隐》等作品中，拜伦式英雄的性格又有新的发展。拜伦式英雄在欧洲各个阶层的读者中都引起广泛的共鸣。俄国诗人普希金在他创作的诗体小说《叶甫盖尼·奥涅金》中塑造的多余人的形象，就明显有拜伦式英雄的影子。后来莱蒙托夫笔下的毕巧林、屠格涅夫笔下的罗亭等多余人形象，也明显带有拜伦式英雄的性格特征。

三

在天才诗人拜伦给我们留下的一大笔宝贵遗产中，叙事长诗占据重要的位置，尤其是他的两部叙事长诗《恰尔德·哈罗德游记》和《唐璜》，堪称艺术杰作。

早在学生时代，拜伦即深受启蒙思想影响。大学毕业后，拜伦于1809年至1811年间游历西班牙、希腊、土耳其等国，进入了他参加社会生活的一个重要阶段。拜伦出国做东方旅行，不是一个上流社会纨绔子弟的探奇寻幽、追求时尚的出游，而是一个多愁善感的青年诗人对动荡世界的考察，用拜伦自己的话说，是为了要“看看人类，而不是只在书本上读到他们”。旅途中，异国美好的风光景物使他陶醉，陌生的风俗习惯引他留恋，少年时代的挫折似乎淡忘了，忧郁的心情突然开朗了，一种诗人的激情油然而生。他要把旅途的见闻和感受写下来，于是开始写作《恰尔德·哈罗德游记》和其他诗篇，并在心中酝酿未来的《东方故事诗》。《恰尔德·哈罗德游记》的第一、二章于1812年2月问世，轰动了整个英国文坛，使拜伦一跃成为伦敦社交界的明星。在这部作品中，孤傲、狂热、浪漫并充满反抗精神的恰尔德·哈罗德，是拜伦笔下第一次出现的“拜伦式英雄”的形象。

正如别林斯基所说，在《恰尔德·哈罗德游记》中，“拜伦的主观精神是这样坚强而深刻，他的个性是这样傲岸而不屈不挠；他所叙述的与其说是描写现代人类，毋宁说是评论人类过去和现在的历史”。诗中的哈罗德是一个贵族青年，出生于英格兰，由于厌倦了上流社会的生活，所以决定出国游历，希望投身于大自然的怀抱，到远离文明的人群中寻求自由和真诚的情感。诗歌的现实意义和政治意义是不言而喻的。拜伦以大自然的美好与社会现实的丑恶做对比，以辉煌的历史与屈辱的现实相对照，通过诗中的主人公哈罗德和自己的浪漫抒情，表达了对拿破仑的侵略、英国干涉民族独立运动等各种暴政的愤怒；对欧洲大自然景色如莱茵河、阿尔卑斯山以及人类文明如意大利建筑和雕刻的喜爱与欣赏；对欧洲文明史上的历史人物如卢梭、伏尔泰等人的尊敬；对反抗压迫争取独立与自由的各国人民的赞美和鼓动以及对周围环境的厌恶和失望。

诗中的主人公哈罗德是一个虚构的人物，身上带有一层神秘色彩。长诗主要写他到南欧旅行的见闻。他多愁善感，曾一度沉湎于酒色，但他思想敏锐，见解深刻。在旅行中，南欧的自然风光曾给他安慰，各处的历史遗迹也曾引起他的深思，但一回到现实，他的忧郁和苦闷依然如故。外表上他似乎沉默寡言，但内心却激情似火。作为一个进步贵族青年，他厌倦了从小就有的锦衣玉食的生活，漂泊于异国他乡，试图在大自然里感受自然的纯洁质朴，寻找人间真情。日内瓦湖静谧的波光、莱茵河清澈的流水、阿尔卑斯山脉的巍峨、原始森林的苍莽沉寂、荆棘丛中的与世无争、古建筑的辉煌文明虽然给他带来惊喜，但是不能抚平他心中的淡淡忧伤。他无法找到人生目标，无法真正理解生活的意义，因此他身上始终流露着一种忧郁。但是，哈罗德并未绝望和沉沦，通过游历，他最后逐渐走出了贵族社会的生活，开始思考重大的社会问题，对未来充满渴望，让我们能够看到一个处于发展和变化中的主人公形象。

显然，拜伦式英雄的特点在哈罗德身上最早得到描写。无论在思想感情上还是在心理上，他都是一个叛逆的贵族青年。他对贵族社会现实感到不满，对生活感到悲观绝望，内心充满忧郁和孤独。他的命运和性格特征，反映了当时知识分子的普遍失望心理和反抗情绪。诗中对主人公的高傲冷漠、放荡不羁和对上流社会的憎恶与鄙视等进行了描写：

有这样一位青年住在英格兰岛上，
他天生喜爱寻欢作乐，游戏放荡，
他过着如此纵情、愉快、不羁的生活，
晚上用喧闹来折磨那些昏昏欲睡的耳朵。
……
他早已踏遍"罪恶"的漫长迷宫，
却从来不忏悔自己有罪的行动。

诗中的哈罗德百无聊赖、愤世嫉俗、逃避现实、忧郁悲伤，其实这不仅是虚构的哈罗德的形象，也是现实生活中的拜伦自己。《恰尔德·哈罗德游记》是拜伦最早开始写作的一部长诗，主要记述主人公游历的见闻和感想，同时又抒发诗人自己的感想和情绪，叙事与抒情水乳交融，在艺术上达到了很高的成就，因此它也被人称为抒情史诗，在拜伦的创作中具有重要价值。

在分析《恰尔德·哈罗德游记》的同时，我们不能不提拜伦的另一部作品《唐璜》（1818–1823）。这部长诗描写了欧洲社会的人物百态、山水名城和社会风情，画面广阔，内容丰富，堪称一座艺术宝库。但是，《唐璜》是一部最终没有完成的长篇诗体小说。诗人花了六年时间来苦心经营，后因参加希腊革命而停顿，只写到十七章的开头部分，诗人就不幸病逝。尽管如此，这部作品仍然充分显示了诗人的惊人才华，常被人高度赞扬，例如歌德称它是天才的绝顶之作，雪莱说它“字字珠玑，永垂不朽”。

诗中主人公唐璜原是西班牙传说中一个家喻户晓的纨绔子弟，后来却成了许多艺术家创作的素材，除了拜伦之外，法国戏剧家莫里哀、奥地利音乐家莫扎特、英国戏剧家萧伯纳等都曾借用唐璜的故事并以唐璜为题创作过艺术作品。但与以往文学作品中的唐璜所不同的是，拜伦笔下的唐璜一直扮演着被勾引者的角色，他已从一个风月场上勾引良家妇女的老手变成了一个容易受到引诱的涉世未深的普通贵族青年。在无数的艳遇中，他无视虚伪的清教道德而心甘情愿上钩。他顺应自然而动，绝少虚伪做作。他同以前作品中专门勾引妇女的贵族有一个根本不同，那就是他有自己的真实感情。在每次爱情奇遇中，他都能够做到倾心相与，真心相爱。在他的身上，我们能够发现很多值得肯定的优点，例如海上遇险，他宁肯挨饿也不愿像别人一样干那种人吃人的残忍勾当。他并不怯懦，有时表现得十分英勇。在战场上，别人退却他却前进。他的软弱主要在于他意志薄弱，尤其是遇到异性勾引，他就禁不住诱惑。由此可见，唐璜是一个性格丰富的真实的人物形象，是一个富有吸引力的形象，也是一个有血有肉的活生生的人物形象。

作品通过唐璜在西班牙、希腊、土耳其、俄国和英国等不同国家的生活经历，展现了19世纪初欧洲的现实生活，讽刺批判了“神圣同盟”和欧洲反动势力。唐璜的种种浪漫奇遇和爱情故事，揭示了18世纪末到19世纪初欧洲社会的广阔画面，涉及人类生活中的许多现象，作品的思想内容主要表现在它的讽刺性，用作者自己的话说就是“要唐璜在欧洲旅行一遭……使我有可能指出各国社会的可笑的方面”。所以作品对封建专制和金钱统治进行了强烈的讽刺和批判，对封建和宗教的虚伪道德规范表示了极大的蔑视，在诗中，拜伦描绘了西班牙贵族的腐败残酷，土耳其后宫里的奢侈荒淫和东方专制君主给人民带来的灾难，以及俄国女皇的暴虐和专横。当俄国军队对伊斯迈尔进行掠夺性战争时，“人类的生命到处被浪掷……最优秀的和最可爱的都已丧身，一片荒凉。”而这血腥罪行却带来了俄国女皇的喜悦，“这些东西暂时遏止了她野心的干渴。”当然对英国的揭露与讽刺最为深刻，是作品中批判最有力的部分，他痛惜地说：

过去受别人崇拜，
今天却成了背信的朋友；
过去把自由给人类，
今天却要奴役人类，
甚至人类的头脑。

作品中还刻画了英国贵族的庸俗和空虚，以及资产阶级在欧洲的经济掠夺，把英国首相比作海盗，“甚至要大海的波涛也要付给他们通行税”。

诗人讽刺的另一个方面是当时的婚姻道德以及与之相联系的上流社会夫妇之间的互相欺骗现象。作品除讽刺批判外，也充满了对正义事物的热爱，对失去自由的人的同情和对被压迫者的战斗号召。他一贯热爱自由，为了自由，他主张斗争和革命，“如果可能，我要教会顽石，起来反抗人世的暴君”，自己也表示要以文字和行动来争取自由：

我随时准备去当个战士，
不仅靠文字，也靠行动，
为思想与自由而斗争，制造奴隶
最大的恶行难道我们会宽容？
……一切压迫人类的东西，
永远在我身上找到它的死敌。

这些诗句，表现了拜伦可贵的革命思想和叛逆精神，也代表了当时人民反抗暴政的斗志。总之，作品广泛反映了18世纪欧洲的社会生活，作者运用夹叙夹议的表现手法，深刻揭露和批判了封建专制社会和资本主义金钱社会的罪恶。作品充满异国情调，情节离奇曲折，浪漫主义色彩浓郁。作品画面广阔，内容丰富，堪称一座艺术宝库。在拜伦的创作中，《唐璜》是那些不朽的诗章之一，瓦尔特·司各特说“《唐璜》像莎士比亚一样地包罗万象，它囊括了人生的每个题目，拨动了神圣的琴的每一根弦，弹出最细小以至最强烈最震动心灵的调子”。诗人歌德说“《唐璜》是彻底的天才的作品——愤世到了不顾一切的辛辣程度，温柔到了优美感情的最纤细动人的地步……”普希金称赞它具有“惊人的莎士比亚的多样性”。

四

在拜伦的诗歌创作中，他还写作了一系列艺术形式独特的作品，如诗剧《曼弗雷德》（1816）、《该隐》（1821）、《天与地》（1821）、《变形的畸形儿》（1821）；悲剧《沃纳》（1822）；历史剧《马里诺·法利埃罗》（1820）、《萨达纳巴勒斯》（1821）、《福斯卡利父子》（1821）。这些作品都是拜伦诗歌遗产中的重要组成部分，不仅在拜伦的诗歌创作中，而且在整个英国文学遗产中都有着重要的地位。

在拜伦写作的所有诗剧中，《曼弗雷德》最为重要，可以看作是拜伦诗剧创作中具有代表性的作品。早在1924年，《小说月报》第十五卷四号刊出拜伦专号，其中就刊登了傅东华翻译的《曼弗雷德》这部作品。

拜伦写作《曼弗雷德》的特殊环境是值得我们关注的。1816年初，拜伦夫人安·密尔班克在生下他们的女儿奥古丝达·艾达一个多月后，就毅然回到她的父母家，同拜伦分居了。拜伦婚姻的挫折招来英国贵族社会、教会及一些别有用心文人的攻讦，使他不得不离开英国，而终生未能返回故土。在痛苦的流亡中，拜伦受到德国伟大诗人歌德的巨著《浮士德》的影响，开始酝酿一部伟大的诗剧《曼弗雷德》。在漫游阿尔卑斯山的旅程中，拜伦仅仅用了十二天时间，就写出了诗剧的第一幕和第二幕的初稿。从1816年9月至次年2月，拜伦只用了半年的时间，就完成了这部伟大的诗剧。

但是也有研究者认为，拜伦妻子同他分居与拜伦和他同父异母的姐姐奥古丝达发生乱伦的恋情有关。拜伦十五岁时第一次见到当时已经结婚的奥古丝达时一见钟情，堕入爱河而不能自拔。拜伦在与妻子分居后遭到攻击时，奥古丝达能够理解他，宽慰他，信任他。拜伦在《写给奥古丝达（其一）》一诗中，这样描写他的感激：

当厄运临头，爱情远飏，
憎恨的利箭万弩齐发；
你是我独一无二的星光，
高悬在夜空，永不坠下。

在《写给奥古丝达（其二）》一诗中，拜伦也说：

我为这过失付出了高价，
高昂得超出原先的计虑；
但是，不管我损失多大，

绝不能从这儿把你夺去！

从诗歌中可以看出，无论拜伦同奥古丝达是否恋爱乱伦，他同大他四岁的奥古丝达的亲密关系是不可否认的。拜伦写作《曼弗雷德》一诗，通过曼弗雷德影射自己，也是为了反思他同奥古丝达之间的关系，抒发自己对奥古丝达的依恋和感激，倾诉内心的忧郁与苦痛，鞭挞不公正的英国社会，并企图从伦理上为自己寻找出路。

《曼弗雷德》是一出伦理悲剧。主人公曼弗雷德由于杀死了他深爱的继妹安丝塔蒂，背负上深沉的罪恶感，无法从中摆脱出来，陷入极大的精神痛苦中，心灵不得平静。他独居于阿尔卑斯山中，招来精灵帮助忘掉自己，以为这样就可以忘掉痛苦。精灵们问他，所谓忘掉自己是不是指死，曼弗雷德回答说不是，因为死后灵魂不灭，并不能把自己真正忘掉，所以死其实不能助他解脱苦难。后来他在同恶魔的争辩中以为自己认识了真理，像浮士德一样倒地死去。

在大多数评论中，曼弗雷德被看作一个著名的拜伦式英雄的形象。虽然表面上看他性情忧郁，落落寡合，同《东方叙事诗》中那些被称为拜伦式英雄的叛逆者相似，但他在本质上同他们仍然有着很大区别。曼弗雷德独居阿尔卑斯山中，埋头研究科学，从来没有停止追求真理。但无论怎样努力，他始终无法从知识的学习中得到幸福，不能得到心灵的宁静。那么，究竟是什么罪行让他如此痛苦？曼弗雷德在诗中坦承了自己的罪行：

我有她的缺点——没有她的美德——
我爱过她，而且把她毁灭了！

他同歌德笔下的浮士德类似，不断发出诘问，始终从哲学和伦理的角度对自己进行反思，企图获取生活的答案。正如他所说：

哲学与科学，和那些奇妙事物的
源泉，以及人世间的一切智慧，
我都探索过

但是“知识之树”并不是“生命之树”，

苦恼就是知识；谁要是知道得最多，
那他对这不幸的真理，一定伤感得最深。

曼弗雷德实际上是从宗教、哲学和伦理上对自己所犯的罪进行反思。他在诗中引用的《旧约·创世纪》第三章中夏娃偷吃伊甸园中禁果的故事，就是为了表达曼弗雷德的伦理困惑、思想苦闷以及心中痛苦。在诗歌中，拜伦采用了莎士比亚写作《哈姆雷特》和歌德写作《浮士德》的技巧，通过曼弗雷德的内心独白，通过同精灵、修道院长、羚羊猎者、阿尔卑斯山的魔女、涅米西斯等人物之间的对话，把曼弗雷德的内心世界完全打开，让读者窥视其中的奥秘，去理解和同情他。因此，诗歌真正打动我们的是他因犯罪而产生的忧郁和痛苦，他敢于解剖自己的勇气，他的自省和诘问，以及他探索真理的执着和坚毅。

《曼弗雷德》是一部表达宗教、伦理和哲学主题的诗剧，这一主题在拜伦的另一部诗剧《该隐》中得到进一步发展。《该隐》是拜伦根据《圣经·创世纪》中该隐杀其弟亚柏的故事创作的。该隐是亚当与妻子夏娃生的第一个儿子，他嫉妒弟弟亚柏，失手把亚柏打死，犯下不伦之罪。该隐受到上帝惩罚，在妻子亚德的陪同下踏上没有尽头的流亡之旅。在这部诗剧中，拜伦从宗教和哲学的角度对人类存在的一切悲剧，如出生、受难、犯罪、死亡的悲剧之源进行考察，企图从根源上寻找解决人类犯罪问题的途径。该隐敢于思考和怀疑，有自己的欲望和追求。他拒绝向耶和华表示感恩和赞美，以一个叛逆者的姿态向上帝诘问：我为什么要感恩？为了生命吗？可我不是总有一天要死吗？亚当和夏娃犯下罪、被逐出乐园的时候，我不是还没有出生吗？为什么我必须承受他们所要承受的惩罚？我渴求过出生吗？“我想，知识树并没有兑现它的诺言；如果他们犯了罪，至少他们应该知道一切与知识有关的事情，知道死的神秘。可是他们知道什么？只知道自己悲惨不幸。”从该隐的话语可以看出，他的思想不仅闪现着智慧的思考，而且表现出一种强大的理性力量。他由于忌恨打死了亚柏，违犯了伦理禁忌，成了第一个把鲜血和死亡带到人世间的悲剧人物。因此，该隐这个人物为我们揭示了这部诗剧巨大的伦理价值。

除了该隐之外，罗锡福是诗剧中的另一个重要人物，他不仅自身就是一个向权威挑战的叛逆者，而且他还像《浮士德》中的靡菲斯特一样对该隐有引导作用。正是在罗锡福的引导下，该隐遨游了宇宙深渊，看到了久远时代以前的生命和未来时代的生命，甚至还瞥见了死亡的国度。如果没有他的引导和启发，就没有该隐对人生价值的思考，也没有他对知识和真理的不懈追求。

五

拜伦是最早被介绍到中国的英国诗人之一。20世纪初，拜伦的《哀希腊》就被梁启超（1902）翻译介绍到中国。此后，这首诗又有马君武（1905）、苏曼殊（1907）和胡适（1914）翻译的译本。自20年代以来，拜伦的诗歌被大量翻译成中文出版，如邱从己和邵询美翻译的《拜伦政治讽刺诗选》、杨德豫翻译的《拜伦抒情诗七十首》、查良铮翻译的《拜伦诗选》等。1924年4月19日是拜伦逝世一百周年，《小说月报》第二十五卷第四号出版了“诗人拜伦的百年祭”专号，发表了郑振铎、沈雁冰、王统照、赵景深、徐志摩等人的译作或论文。当时，《晨报副刊》也出版了拜伦纪念专号，发表了十篇纪念文章。在《小说月报》的纪念专刊上，王统照发表《拜伦的思想及其诗歌的评论》一文，称“拜伦在欧洲文学界的成就很大。他在欧洲大陆上的名誉也如同第二个莎士比亚一样”。从20年代至1949年，不仅拜伦的诗作被大量翻译成中文出版，而且评介和研究文章多达四十篇以上。新中国成立后，拜伦的诗歌继续翻译出版或再版，对拜伦的研究也同样得到继续。

从20世纪70年代末期开始，我国对拜伦的研究进入一个新的时期。五六十年代的译著经修订后再版重印，如查良铮的译本《唐璜》和《拜伦诗选》分别于1980年和1982年由人民文学出版社出版。上海译文出版社还先后修订出版了邱从已、邵询美的《拜伦政治讽刺诗选》（1981）和杨熙的《恰尔德·哈罗德游记》（1991）。此后，如杨德豫翻译的《拜伦抒情诗七十首》、李锦绣翻译的《东方故事诗》、李时良翻译的《拜伦诗选》、易晓明翻译的《飘忽的灵魂：拜伦书信选》、张继光和温晓红翻译的《拜伦诗选》等不同的译本也相继出版。除了拜伦的诗歌，我国还翻译出版了数量不少的拜伦传记作品。我国在翻译拜伦诗歌的同时，有关拜伦的研究同以前相比也有了很大发展，发表了一大批有关拜伦的研究论文，把我国的拜伦研究推向了一个新的阶段。

拜伦是19世纪英国伟大的浪漫主义诗人，他的创作不仅影响了后来的英国文学创作，影响了整个欧洲，也影响了亚洲，影响了中国。拜伦在清末民初被翻译介绍到中国，是最早被介绍到中国的英国诗人之一。拜伦在中国的传播与被接受，说明了他在中国文学史上的特殊价值，这就是对中国作家及其创作产生的影响。中国五四以来最有成就的作家，大都受到过他的影响，如梁启超、鲁迅、马君武、苏曼殊、胡适、梁实秋、徐志摩、王统照、沈雁冰、蒋光慈、刘半农、郑振铎等，他们不仅翻译介绍拜伦，而且师法拜伦的创作。无论是思想还是艺术，他们都明显受到拜伦的影响，从拜伦的创作中汲取过营养。在21世纪的今天，拜伦的价值仍然存在。中国新一代作家，仍然还在受到拜伦的影响。

拜伦被歌德称为“19世纪最伟大的天才”，他充分发挥了自己的艺术才能，给我们留下了无数瑰丽的诗篇。我们相信，拜伦的价值是永恒的。为了继承拜伦给我们留下的珍贵文学遗产，受柳鸣九先生之托，编写了这部《拜伦诗选》。自拜伦被翻译介绍到中国，已经出现过大量的不同译本，它们各有特色，都有值得借鉴之处。为了保持译文风格的统一和方便读者阅读，我们重点选择了杨德豫和查良铮二位先生的译文。两位先生的译文不仅准确流畅，而且尽量保持了原诗的韵律特点，较好地体现了拜伦诗歌的艺术特色。相信这部诗集的出版，一定会给读者带来美的享受。由于编选者能力所限，无论是篇目的选取还是这篇序文的撰写，定有诸多不足之处，在此请读者多多批评。

2011年12月

目录 Contents

拜伦抒情诗

拜伦长诗

拜伦抒情诗

杨德豫 译

悼玛格丽特表姐[1]

晚风沉寂了，暮色悄然无声，
　林间不曾有一缕微飔吹度；
我归来祭扫玛格丽特的坟茔，
　把鲜花撒向我所挚爱的尘土。[2]

这狭小墓穴里偃卧着她的身躯，
　想当年芳华乍吐，闪射光焰；
如今可怖的死神已将她攫去，
　美德和丽质也未能赎返天年。

哦！只要死神懂一点仁慈，

① 这是现存拜伦诗歌中最早的一首，1802年作者十四岁时所作，1807年收入诗集出版时未作修改。据《拜伦日记》，玛格丽特·帕克是作者的表姐，约比作者大一岁，生前与作者感情甚笃。作者最早的一首诗（作于1800年，已失传）就是为她而作的。约在她十四或十五岁时，因不慎跌伤，脊骨受损，终于不治。当时作者正就读于伦敦郊外的哈罗公学，在她死后才得知消息。这首诗是稍后作者回来给她扫墓时写的。

② 此处的“尘土”不仅指坟墓的一抔之土，也指坟墓中的死者。典出《旧约·创世记》第三章耶和华对亚当说的话：“你本是尘土，仍要归于尘土。”

　只要上苍能撤销命运的裁决！
吊客就无须来这儿诉他的悲思，
　诗人也无须来这儿赞她的莹洁。

为何要悲恸？她无匹的灵魂高翔，
　凌越于红日赫赫流辉的碧落；
垂泪的天使领她到天国闺房，
　那儿，善行换来了无尽的欢乐。

可容许放肆的凡夫问罪上苍，
　如痴似狂地斥责神圣的天意？
不！这愚妄意图已离我远飏，——
　我岂能拒不顺从我们的上帝！

但对她美德的怀想是这样亲切，
　但对她娇容的记忆是这样新鲜；
它们依旧汲引我深情的泪液，
　依旧盘桓在它们惯住的心田。

1802年

给M.S.G

要是我梦见你爱我，你休怪，
　休要迁怒于睡眠；
你的爱只在梦乡存在，——
　醒来，我空余泪眼。

睡神！快封闭我的神志，
　让昏倦流布我周身；
愿今宵好梦与昨夜相似：
　像仙境一样销魂！

听说，睡眠——死亡的姊妹，
　也是死亡的样品；
天国倘若是这般滋味，
　愿死神早早降临！

舒眉展眼吧，美人，且息怒，

　我何曾心花怒放；
梦中的罪孽要清算：幸福
　只许我凝眸痴望。

梦中，也许你笑口微开，
　莫说我受罚还不够！
入睡，被美梦欺哄；醒来，
　这苦刑怎生忍受！

勒钦伊盖[1]

去吧，浓艳的景色，玫瑰的园圃！
　让富贵宠儿在你们那里遨游；
还给我巉岩峻岭——白雪的住处，
　尽管它们已许身于爱和自由；
喀利多尼亚！我爱慕你的山岳，[2]
　尽管皑皑的峰顶风雨交加，
不见泉水徐流，见瀑布飞泻，
　我还是眷念幽暗的洛赫纳佳！

啊！我幼时常常在那儿来往，
　头戴软帽，身披格子呢外衣；[3]
缅怀着那些亡故多年的酋长，
　我天天踱过松柯掩映的林地。

① 勒钦伊盖：当地盖尔语称之为“洛赫纳佳”，苏格兰东北部格兰皮恩山脉的高峰，海拔1153.97米，峰顶终年积雪。作者八岁时曾住在该峰附近。

② 喀利多尼亚：苏格兰的拉丁语名称。

③ “软帽”指苏格兰男子所戴的扁平软帽；“格子呢外衣”是苏格兰高地人的服装；下行的“酋长”指苏格兰氏族首领。

直到白昼收尽了暗淡余光，
　北极星当空闪耀，我才回家；
流传的故事勾起迷人的遐想，
　是山民传述的——在幽暗的洛赫纳佳。

“逝者的亡灵！难道我没有听到
　席卷暗夜的怒风里，你们在喧呼？”
英雄的精魂定然会开颜欢笑，
　驾驭天风驰骋于故乡的山谷。
当风雪迷雾在洛赫纳佳聚拢，
　冬之神驱着冰车君临天下，
云霾围裹着我们祖先的身影，
　在那风暴里——在幽暗的洛赫纳佳。

“不幸的勇士们！竟没有什么异象
　预示命运遗弃了你们的事业？”[①]
你们注定了要在卡洛登阵亡，
　哪会有胜利的欢呼将你们酬谢！

---

① 1745年，查理·爱德华·斯图亚特（1720—1788）率领苏格兰高地人起事；1746年，在茵弗内斯以东的卡洛登荒原被英格兰军队击败，查理逃往法国。此后，苏格兰的氏族制度全被摧毁，参加起事的酋长被撤换，氏族法庭、氏族服装甚至风笛也都遭禁止。据作者原注，作者的母系先人——戈登家族有不少人参加过查理的队伍。

总算有幸，和你们部族一起，
　在勃瑞玛岩穴，你们长眠地下；①
高亢风笛传扬着你们的事迹，
　峰峦回应着——在幽暗的洛赫纳佳。

洛赫纳佳呵，别后已多少光荫！
　再与你相逢，还要过多少岁月！
造化虽不曾给你繁花和绿荫，
　你却比艾尔宾原野更为亲切。②
从远方山岳归来的游子眼中，
　英格兰！你的美过于驯良温雅；
我多么眷念那粗犷雄峻的岩峰！
　那含怒的奇景，那幽暗的洛赫纳佳！

---

① 勃瑞玛：苏格兰阿伯丁郡南部格兰皮恩山地的一个地区，在勒钦伊盖以北。

② 艾尔宾：英格兰的古称。

我愿做无忧无虑的小孩

我愿做无忧无虑的小孩，
　仍然居住在高原的洞穴，[①]
或是在微曛旷野里徘徊，
　或是在暗蓝海波上腾跃；
撒克逊浮华的繁文缛礼[②]
　不合我生来自由的意志，
我眷念坡道崎岖的山地，
　我向往狂涛扑打的巨石。

命运呵！请收回丰熟的田畴，
　收回这响亮的尊荣称号！[③]
我厌恶被人卑屈地迎候，

① 高原：指苏格兰高地。
② 在苏格兰盖尔语中，“撒克逊”一词可指英格兰人。
③ 作者幼时跟母亲住在苏格兰，生活贫困。十岁时，由于伯祖父（第五代拜伦男爵）去世，没有嗣子，作者便成为第六代拜伦男爵（诗中“响亮的尊荣称号”指此），继承了纽斯台德寺院、罗岱尔两处房产和两千多亩土地（诗中“丰熟的田畴”指此）。

　厌恶被奴仆躬身环绕。
把我放回我酷爱的山岳，
　听巉岩应和咆哮的海洋；
我只求让我重新领略
　我从小熟悉的故国风光。

我虽然年少，也能感觉出
　这世界决不是为我而设；
幽冥暗影为何要幂覆
　世人向尘寰告别的时刻？
我也曾瞥见过辉煌梦境——
　极乐之乡的神奇幻觉；
真相呵！为何你可憎的光明
　唤醒我面临这么个世界？

我爱过——所爱之人已离去；
　有朋友——早年友谊已终结；
孤苦的心灵怎能不忧郁，
　当原有的希望都黯然熄灭！
纵然酒宴中欢谑的伙伴们
　把恶劣情怀驱散了片刻；
豪兴能振奋痴狂的灵魂，

　心儿呵，心儿却永远寂寞。

多无聊！去听那些人闲谈：
　那些人与我非敌非友，
是门第、权势、财富或机缘
　使他们与我在筵前聚首。
把几个忠诚密友还给我，
　还是原来的年纪和心情！
躲开那半夜喧嚣的一伙，
　他们的欢乐不过是虚名。

美人，可爱的美人！你就是
　我的希望，慰藉，和一切?
连你那笑靥的魅力也消失，
　我心中怎能不奇寒凛冽！
又富丽又惨苦的烦嚣俗境，
　我毫无叹惜，愿从此告辞；
我只要怡然知足的恬静——
　“美德”熟识它，或似曾相识。

告别这熙来攘往的去处——
　我不恨人类，只是想避开；

我痴心寻觅阴沉崖谷，
　那暝色契合这晦暗胸怀。
但愿能给我一双翅膀：
　像斑鸠飞回栖宿的巢里，
我也要展翅飞越穹苍，
　飘然远引，得享安息。[①]

① 《旧约·诗篇》第五十五篇："我说，但愿我有翅膀像鸽子，我就飞去，得享安息。"

为别人祝福的痴情祷告

为别人祝福的痴情祷告
　要是真能够上达天听，
我的祷祝也不会虚耗，
　会把你芳名吹送天庭。
言语、叹息、哭泣都无用：
　内疚的眼里虽血泪交流，
所能倾诉的全部哀痛
　也不及这一句：永别了，永久！

双唇已喑默，两眼已干枯；
　但是，在我脑海和心胸
唤醒了再难入睡的思绪，
　唤醒了永不消逝的苦痛。
灵魂不肯也不敢指控，
　哀伤和悲愤却抗议不休；
我只是知道：相爱已成空，

我只是想到：永别了，永久！

1808年

当初我们俩分别[①]

当初我们俩分别，
　只有沉默和眼泪，
心儿几乎要碎裂，
　得分隔多少年岁！
你的脸发白发冷，
　你的吻更是冰凉；
确实呵，那个时辰
　预告了今日的悲伤！

清晨滴落的露珠
　浸入我眉头，好冷——
对我今天的感触
　仿佛是预先示警。
你把盟誓都背弃，

① 这是拜伦抒情诗中的名篇。一般的拜伦诗集都把它和1808年的作品摆在一起；实际上，它是1813年秋天写的，当时拜伦二十五岁。

　　名声也轻浮浪荡；
听别人把你说起，
　　连我也羞愧难当。

他们当着我说你，
　　像丧钟响彻耳旁；
我周身止不住战栗——
　　对你怎这样情长？
他们不知我熟悉你——
　　只怕是熟悉过度！
我会久久惋惜你，
　　深切得难以陈诉。

想当初幽期密约，
　　到如今默默哀怨：
你的心儿会忘却，
　　你的灵魂会欺骗。
要是多少年以后，
　　我偶然与你相会，
用什么将你迎候？
　　只有沉默和眼泪。

赠一位早年的朋友[①]

不过几年前，你和我还是
　至少名分上，最好的朋友，
孩子心灵的快乐和诚实
　使我们的情谊真纯耐久。

如今，正像我，你也已熟知
　有多少俗务磨灭了热情；
人们相爱不管多深挚，
　转眼就忘得一干二净。

早岁友情竟这样脆弱，
　世人心意竟这样善变；
一个月，甚至一天的间隔，
　就使你的心与我的疏远。

---

① 这首诗是作者二十岁时所作，赠给一位童年的密友。诗中除了对这位男友提出规劝外，也表达了作者对人生、对社会、对友谊的看法。作者蔑视权贵、愤世嫉俗以至厌世的思想，在诗中都有表露。

既如此，我也无须乎痛惜
　失去了一个朋友的友情；
只能怪造化，不能怪你：
　是她造成你如此无恒。

正如那海潮升沉不定，
　人的情愫也有涨有消；
谁会相信有这种心灵——
　汹涌热情永远是高潮？

从小在一起，我们小时候
　日子多快活——又有什么用！
我生命的春天已匆匆溜走；
　你呢，也一样，不再是孩童。

我们永别了童年岁月，
　成为浮华世界的走卒，
向真诚告辞；在这个世界，
　最高洁的灵魂也难免受污。

欢畅的季节！当一颗童心
　什么都敢做，只除了谎骗；

自由的心思呵无拘无禁，
　柔和的两眼呵光辉闪闪。

进入成年，就完全变样：
　人本身变成了一样工具；
私利左右着忧虑和希望，
　爱什么，恨什么，都得按规矩。

我们学会了：让自己的罪咎
　与愚夫恶行同流合污；
那已遭败坏的称号——“朋友”
　也仅仅给予这一类愚夫。

人人如此，命数攸归，
　我们又岂能逃脱这灾厄？
我们又岂能一反常规，
　不演这人人必演的角色？

至于我，我一生时时处处，
　命运都如此暗无光彩；
对世人，对尘世，我满怀憎恶，
　何时辞世，我毫不萦怀。

而你，性格轻浮而纤弱，
　你的光亮须臾就消失；
像流萤只在夜间闪烁，
　却不敢面对煌煌白日。

王公与佞臣聚集的场所，
　“愚昧”在那儿一呼百应
（发迹于宫廷王府的“罪恶”
　对“愚昧”大表亲善欢迎），

如今你夜夜参加聚会，
　扰攘人群里添一条虫蚁；
与凡庸为伍，向豪强献媚，
　你浮薄的心中却沾沾自喜。

在名媛淑女间轻行款步，
　殷勤，敏捷，笑容却虚假，
像青蝇沿着口艳花圃，
　污染它难得品味的娇花。

你热情像沼地雾气飘行，
　东奔西逐，朝三暮四，

这种磷火般明灭的爱情，
　又有哪位美人会珍视！

哪位亲友肯对你眷顾，
　即使他心中原有此意？
享有你友谊的尽是些愚夫，
　谁愿去分享，贬辱他自己？

但愿你及早抽身自拔，
　再不要当众丢人现眼；
再不要飘飘然虚度年华；
　怎么样都行，只除了——下贱。

1808年

纽芬兰犬墓碑题诗[1]

当一位人间骄子一命归西，
与荣誉无缘，却有显赫门第；
名匠雕刻炫示殡葬的隆重，
墓室图像描绘死者的事功；
这一切告竣，在墓地所能见到

---

① 这是一篇淋漓尽致、骂尽世人的奇文。既表现了作者对世间种种卑劣丑恶现象腐心切齿、深恶痛绝的心情，也表现了作者的孤傲寡合，目无余子。“纽芬兰犬”即作者的爱犬波森。波森死后，作者把它葬在自家邸宅（纽斯台德寺院）的庭园里，并树立碑石。碑上除铭刻此诗外，诗的前面还有如下铭文，可与此诗并读：

在此处下方
存有一物之遗体：
它有美质，而无虚荣，
有威力，而无骄慢，
有胆量，而无残暴，
有人的一切美德，而无其邪恶。
这一篇颂词，倘若铭刻在人的墓顶，
那就是一文不值的谀辞；
却是恰如其分的赞美——用以纪念
波森，一条狗，
1803年5月生于纽芬兰，
1808年11月18日卒于纽斯台德寺院。

波森死后三年，拜伦在1811年预立遗嘱，吩咐：他本人死后，也要葬在纽斯台德寺院庭园里，与波森之墓相邻。

就全是虚夸，全不似他的真貌。
怎如这条狗，是最可信赖的朋友，
主人还家，第一个趋前迎候；

挺身卫主，与主人心心相印。
全为了主人，才劳碌、搏斗、生存；
卑微地死去，好品德不为人知，
灵魂进不了天国，横遭拒斥；①
而人——愚妄的虫蚁！只希图免罪，
想自家独占天堂，排斥异类。
人呵！你这虚弱的片时客户！
权力腐蚀你，奴役更使你卑污；
谁把你看透，就会鄙弃你，离开你——
僭获生命的尘土，堕落的东西！②
你的爱情是淫欲，友谊是欺诈，
你的笑容是伪善，言语是谎话！
你本性奸邪，称号却堂皇尊贵，
跟畜生相比，你真该满脸羞愧。
谁望见这简朴坟墓，请移步走远——

① 基督教宣称人死后灵魂可进入天国，狗却无此福分。

② 据《旧约·创世记》第二章，耶和华（上帝）用地上的尘土捏成人形，赋予生命，遂成活人。

你们所哀悼的人物与此地无缘。
谨在此立碑，标志我朋友的墓地：
我生平唯一的朋友——在此安息。

1808年11月30日，纽斯台德寺院

答一位淑女[①]

她问我为什么明年春天要出国远游[②]

当人被逐出伊甸园门，[③]
　在门首盘桓，不忍遽去，
眼前的一切都枨触前尘，
　都叫他诅咒未来的境遇。

此后，他远走异域关山，
　学会了如何忍受悲苦；
对往日良辰只付之一叹，
　借纷繁景象把心事排除。

---

① “一位淑女”指玛丽·安·查沃思。作者十几岁时热恋过她。1805年，她和别人结了婚。1822年，作者在回忆早年同她的交往时，曾十分遗憾地说：“热情只是我单方面的。……她喜欢我只像喜欢一个弟弟那样，把我当孩子一样看待和取笑。……如果我和她结了婚，我的整个人生途程便会大不相同了。”

② 此诗写于1808年12月。当时作者已定于翌年春天离开英国去东方（指南欧和西亚）游历。

③ 人：指亚当。据《旧约·创世记》第二~三章，耶和华让亚当、夏娃二人（人类的始祖）住在伊甸乐园里；后来，他们违反耶和华的嘱咐，偷吃了知识之树的果子，被耶和华逐出伊甸园。

亲爱的玛丽！我也像这般，
　不得不与你芳姿告别；
倘若我在你左近盘桓，
　我也会叹惜往日的一切。[①]

远游能使我明智地脱险，
逃离此间魔障的引诱；
只要我还能见到这乐园，
就不甘默认我无福消受。

1808年12月2日

① 暗示由于玛丽已和别人结婚，作者也像亚当一样失去了乐园。

在马耳他，题纪念册[①]

正如一块冰冷的墓石
　死者的名字使过客惊心，
当你翻到这一页，我名字
　会吸引你那沉思的眼睛。

也许有一天，披览这名册，
　你会把我的姓名默读；
请怀念我吧，像怀念死者，
　相信我的心就葬在此处。

1809年9月14日

① 作者1809年到南欧游历时，曾在地中海的马耳他岛小住。

雅典的女郎

趁我们还没分手的时光，
还我的心来，雅典的女郎！
不必了，心既已离开我胸口，
你就留着吧，把别的也拿走！
我临行立下了誓言，请听：
我爱你呵，你是我生命！①

凭着你那些松散的发辫——
爱琴海清风将它们眷恋；
凭着你眼皮——那乌黑眼睫
亲吻你颊上嫣红的光泽；
凭着你小鹿般迷人的眼睛，
我爱你呵，你是我生命！

凭着我痴情渴慕的红唇；

① 这一行和以下各节的末行，原文为希腊文。

凭着那丝带紧束的腰身；
凭着定情花——它们的暗喻[①]
胜过了人间的千言万语；
凭着爱情的欢乐和酸辛，
我爱你呵，你是我生命！

我可真走了，雅典的女郎！
怀念我吧，在孤寂的时光！
我身向伊斯坦布尔飞奔，[②]
雅典却拘留了我的心魂：
我能够不爱你吗？不能！
我爱你呵，你是我生命！

1810年，雅典

① 希腊少女常以花朵作为表白爱情的信物。
② 伊斯坦布尔：即君士坦丁堡，原为土耳其首都。

希腊战歌

译自希腊文[1]

起来，希腊的儿男！
　光荣时刻已到来，
要效法我们祖先，
　不枉作英豪后代！

　　起来，希腊的儿男！
　　挥戈向敌人迎战，
　　让他们腥臭的血川
　　像河水在脚下奔窜！

让我们傲然抗拒
　土耳其暴君的强权，
让祖国眼见她儿女

① 拜伦1810年在希腊游历时，翻译了希腊革命烈士里加斯（1757—1798）的这首诗歌。当时希腊正遭受土耳其的统治和奴役。拜伦始终深情关注希腊人民争取独立自由的斗争。十三年之后（1823年），拜伦终于由诗人而成为战士，直接投身到希腊独立军中；1824年，他在希腊土地上献出了年轻的生命。

　站起来，砸碎锁链！

先王和先哲的英灵
　来检阅这场决战！
希腊的列祖列宗
　听到号角的呼唤，
快从坟墓中苏生，
　参加我们的战斗！
要攻克七山之城，①
　夺回我们的自由！

　　起来，希腊的儿男！
　　挥戈向敌人迎战，
　　让他们腥臭的血川
　　像河水在脚下奔窜！

醒来吧，斯巴达！今天
　你怎能高卧不起？
同你的老伙伴雅典
　快联合起来抗敌！②

---

① 据拜伦原注，此处“七山之城”是指君士坦丁堡。
② 斯巴达和雅典都是古希腊的城邦，雅典文化繁荣，斯巴达武力强盛。

把历代讴歌的主君
　列奥尼达斯唤回，[1]
他曾拯救过你们，
　何等刚强而可畏！
扼守在温泉险关，[2]
　他英勇牵制敌寇，
同波斯军队鏖战，
　让祖国得保自由；
他率领三百勇士，
　战斗中始终挺立，
像威猛暴怒的雄狮，
　在滔滔血海中沉溺。

起来，希腊的儿男！
挥戈向敌人迎战，
让他们腥臭的血川
像河水在脚下奔窜！

---

① 列奥尼达斯：古斯巴达国王，公元前488年即位。

② 温泉关（Thermopylae，或音译为“德摩比利”），是希腊北部与中部交界处的险要关隘，位于高山与海岸之间，因附近有两道硫黄温泉而得名。公元前480年，波斯军队侵入希腊，列奥尼达斯率领斯巴达勇士三百人在这里据险固守，阻挡了敌人，最后，他们全部壮烈捐躯。

给 赛 沙[①]

没一块墓碑标明方位，
　把你的真情如实记载，
为什么你要沉沉入睡，
　被所有世人（除了我）忘怀？

你与我远隔瀛海山川，
　相思无益，仍苦苦相爱；
过去的，未来的，飞向你身边，
　祝我们团聚——不再，永不再！

若曾有一句话，或一道眼波，
　说过“让我们默默分手”，

① 这首诗，还有后面的《去吧，去吧》《再一番挣扎》《你已经长逝》《倘若偶尔在烦嚣人境》等篇，都是为哀悼作者早年的恋人赛沙而作的。有些拜伦研究者称之为“赛沙组诗”。赛沙的身世，她和作者交往的始末，都已难于查考。从这几首诗的内容来推测，他们相恋当在作者去东方游历（1809年）以前。赛沙卧病直到临终，作者都不在，大约是去东方未归。这几首诗写于1811年10月以后，其时作者归国未久。

那么，对于你灵魂的解脱[①]
　或许我还能吞声忍受。

听说死神给你的一箭
　轻快而无痛；临终时，曾否
把无缘再见的故人眷念——
　他始终把你牢记在心头？

有哪个像他的，曾来守护你，
　痛心地看到你目光渐滞，
死亡在临近，悲叹也屏息，
　直到这种种全都完事？

而当你寂然化为异物，
　对人间悲苦不再萦怀，
深情的热泪就夺眶而出，
　飞快地奔涌——一如现在。[②]

① 指死亡。

② 以上两节，意似谓：从赛沙卧病到临终，作者远在异域，不知可曾有（实际上是没有）像作者那样爱护她的人，前来守护和送终。“深情的热泪”是说假想中的那个守护和送终的人，“现在”则是说归国和惊闻噩耗之后的作者。以下的几节，则是回忆作者远游以前两个人相聚的日子。

怎能不奔涌！有不少日子，
　当我还不曾暂离本地，
在现已荒废的楼台，多次
　你我的热泪混融在一起！

无人曾见的脉脉相觑；
　无人能解的淡淡笑容；
缔盟两心低诉的思绪；
　战栗手儿的抚摩触动；

我们的亲吻，纯真无邪，
　使爱情抑制了热切心愿；
眼神昭示了心灵的明洁，
　连激情也羞于另生奢念。

我与你不同，常耽于苦恼，
　是你的音调教给我欢欣；
是你的仙喉使歌声神妙，
　那甘美仅仅源于你一人。

你我的信物——我至今佩带，
　你的在哪里？——你又在哪里？

沉重的忧患，我惯常负载，
　从未像今天，压弯了背脊！

在芳艳年华，你悠然远逝，
　苦难的深杯留给我喝干。
墓穴里果真只有安适，
　又何须望你重返人寰。

倘若在神圣的星河天国，
　你找到一座中意的星球，
请把那福祉分一份给我，
　好摆脱这边无尽的烦忧。

我早就蒙你教益；如今
　教会我苦熬吧，与世人互谅；[①]
在世间，你爱我如此情深，
　当乐于赐我天国的希望！

1811年10月11日

① 与世人互谅：原文直译是“宽恕人，也被人宽恕”，出于《新约·路加福音》第六章第三十七节。

去吧，去吧

去吧，去吧，悲凉的曲调！
　沉默吧，一度甘美的乐音
否则，我只得掩耳奔逃：
　这样的乐曲我不忍重听。
它们追述欢愉的往昔——
　此刻，快停止拨弄琴弦！
我不愿正视，也不堪回忆
　我的今日，和我的当年。

你嗓音已哑，使这些乐曲
　原先的魅力都逃逸无踪；
如今，它们低回的旋律
　不过是挽歌哀乐的复诵。
是的，它们在唱你，赛沙！
　唱你——被人挚爱的尘土；
那曲调原先是雍融和洽，

　如今比不上嘈杂的喧呼！

全都静默了！可是我耳边
　记忆犹新的回声在战栗；
听见的声音，我不愿听见：
　这样的声音早就该沉寂。
它还在摇撼我迷惘的心灵，
　那柔婉乐音潜入我梦寐，
“意识”枉然醒过来谛听，
　那梦境早已飞去不回。

赛沙呵！醒来也如在梦中，
　你化为一场神奇的梦幻；
仿佛海上闪烁的孤星，
　清光已不再俯照人寰。
当苍天震怒，大地阴晦，
　有人在人生的征途跋涉，
他久久悼惜那隐没的明辉——
　它在这征途上投洒过欢乐。

1811年12月6日

再一番挣扎

再一番挣扎，我就可以
　把撕裂心胸的剧痛挣脱；
再一声长叹——向爱情和你，
　就重新回到烦嚣的生活。
在素所不喜的事物中混迹，
　如今我已能恬然适应；
人世间的欢乐都已飞逸，
　还怕什么更惨痛的不幸？

好吧，拿酒来，把筵席摆设；
　人生来就不能离群独处：
且扮演浮薄无聊的角色，
　陪众人嬉笑，决不陪人哭！
在可爱的往日，原不是这样；
　本不该这样，全怪你一走，
把我孤零零留在世上；

你化为乌有，一切都乌有！

我的琴岂能轻快地低唱！
　悲哀有意扮出的笑容
正如玫瑰点缀在墓圹，
　是对殷忧隐痛的嘲弄。
纵然酒宴中欢谑的伙伴们
　把恶劣情怀驱散了片刻；
豪兴能煽动痴狂的灵魂，
　心儿呵，心儿却永远寂寞！①

有多少夜晚，幽寂而妩媚，
　我凝视天穹，感到宽心；
因为我确信天国的明辉
　正殷勤照临你沉思的眼睛；
航行在爱琴海波涛之上，
　在辛霞的亭午，我常常默念：②
“赛沙正凝视这一轮月亮”——
　谁知它照的竟是你墓园！

① 以上四行，与《我愿做无忧无虑的小孩》第四节第五～八行基本相同。
② 辛霞：月神狄安娜的别名。“辛霞的亭午”即月挂中天之时。

当我在病榻上辗转不寐，
　急跳的脉管因烧热而抽搐，
我恹恹低语：“倒叫人宽慰——
　赛沙不知道我的痛楚。”[①]
正如自由对衰迈的恩典，
　是一种毫无实惠的恩典，
造化给我的生命又何益？
　既然赛沙已不在人间！

赛沙的赠品——赠我于往岁，
　当爱情和生命齐吐芳华！
如今你[②]却已面目全非，
　被时光涂染得阴沉衰飒！
和你一道献给我的那颗心
　已经沉寂了——愿我的也沉寂！
我的心虽是死一样冰冷，
　却仍有感觉，仍畏寒战栗。

你哀伤的象征！你悲苦的信物！
　不管多痛楚，贴近我胸膛！

① 1810年，作者在希腊帕特雷曾患热病，一度濒危。
② 你：指赛沙的赠品。

把无损的爱情好生守护，
　要不就捣碎你偎傍的心房！
爱情越无望，就越是圣洁，
　被时间驯化，但绝不消隐；
世间千百万生者的爱悦
　怎比对死者的执着痴情？

安恬之死

当时光送来，或早或迟，
　让逝者安息的无梦睡眠，
“遗忘”呵！愿你疲弱的双翅
　来我临终的床顶轻旋！

用不着亲友，用不着后嗣，
　来哭泣，或希冀，那时刻的到来；
用不着少女，披散着发丝，
　来表现，或表演，有礼貌的悲哀。

用不着关怀备至的吊客；
　让我默默地藏入泥土，
不打搅别人一霎时欢乐，
　不叨扰朋友们一滴泪珠。

爱情，它若能在这种辰光

断然中止无益的悲戚，
在相爱的生者和死者身上
它总算尽了最后的努力。

普绪刻！这多美：直到最后[①]
你总是一副恬静的容貌；
“痛苦”会忘却它经历的搏斗，
它也会向你展颜微笑。

这只是空想——“美”不能留驻，
正如临终留不住的残喘；
女人的眼泪，动辄就流出，
叫活人上当，叫死者气短。

让我孤独吧，在弥留的时辰！
没一点惋惜，没一声哼叫；
死神对众人已不再凶狠：
痛苦很短暂，或感觉不到。

① 普绪刻：希腊神话中爱神厄罗斯（即罗马神话中的丘比特）所热恋的少女。此处借指诗中“我”的恋人，也就是上节“相爱的生者和死者”中的“生者”。

“唉，去死吧，去吧”，奔向
　人人已去或必去的去处！
去化为虚无，像回到以往——
　还未曾出生，还未曾受苦！

算算有几时你心情欢畅？
　算算有几天你不曾烦恼？
你就会明白：不管怎么样，
　不再活下去比活着要好。

你已经长逝

你已经长逝——年轻，美艳，
　可与任何人相比；
绰约的倩影，绝代的芳颜，
　这样快回到土里！
大地眠床已将你接纳，
游人就在那上面践踏，
　嬉笑着，不以为意；
有一双眼睛却万难忍受
哪怕只一霎，瞥见那坟头！

我不想探听你潜寐何方，
　不想瞧那儿一眼；
让那儿花草随意生长，
　反正我不会看见。
这已经够了：我终于明白
我从前，今后，长期所挚爱

　像万类一样朽烂；
难道还需要墓碑来提醒
我所眷恋的已化为泡影？

一直到最后，我依然爱你，
　正如你对我情深；
悠长的往日，你始终如一，
　如今更不会变心。
死神把爱情严封密罩，
岁月冻不冷，情敌偷不掉，
　谎言也断难否认。
我再有变化，过失，或错处，
你岂能知悉？——好叫人凄楚！

生命的良辰你与我同享，
　苦难留给我一人；
愠怒的风暴，和悦的阳光，
　跟你再没有缘分。
那无梦的睡乡[1]，安恬静谧，
我心驰神往，决不会哭泣；

---

① 无梦的睡乡：指死。参看《安恬之死》第一~二行。

　我也无须乎悔恨
娇美容华竟毁于一旦，
我本可守着它渐次凋残。

花朵染上最瑰丽的色泽
　必然衰败得最早；
尽管并没有手儿去攀折，
　花瓣也纷纷落掉。
宁愿它蓦地被人采撷，
若见它一瓣一瓣萎谢，
　岂不更令人伤悼。
世人的目光怎忍追随
秾丽的芳华渐趋憔悴？

我也不知我能否禁受
　目睹你红颜消退；
晨光愈明艳，那么随后
　夜色就愈加幽晦。
你的日子里没一片阴云，
你直到最后还那样迷人：
　是熄灭，不是衰萎。
飞射的流星从高空坠下，

这时才闪耀最亮的光华。

若能像从前那样悲恸，
　我热泪就会涌出，
想到我不在近旁，未能
　到你病榻前守护，
怜惜地把你的脸庞细觑，
拥抱你恹恹无力的身躯，
　托起你低俯的头颅，
表白着爱情——它已成虚幻，
你和我已无缘再续前欢。

留在世上的宝物珍品，
　你让我随意赏玩，
但是它们又能值几文，
　怎比对你的忆念！
你那永不泯灭的真情
通过威严幽晦的“永恒”，
　仍然回到我心间。
你已葬的爱情胜过一切，
只除了爱情活着的年月。

1812年2月

倘若偶尔在烦嚣人境

倘若偶尔在烦嚣人境，
　你音容暂从我心头隐退，
不久，你温柔娴静的幽影
　又在我孤寂的时刻重回；
如今，那黯然无语的时刻
　还能唤回你前尘历历，
无人察见的哀思会诉说
　以前未敢倾吐的悲戚。

恕我有时也不免虚耗
　那本应专注于你的心意，
我责怪自己强颜欢笑，
　未能尽忠于对你的思忆。
似乎我不曾哀恸，那决非
　对往事旧情不知珍惜；
我不愿愚夫们听到我伤悲：

　向你，只向你吞声饮泣！

传杯把盏，我并不拒绝，
　却不是以此排遣忧伤；
杯中的毒素要更加酷烈，
　才能忘却心中的绝望。
“遗忘”或能把我的灵魂
　从种种骚乱烦扰中解脱；
它若敢淹没对你的思忖，
　我就要把那金杯摔破！

倘若你从我心头消失，
　这空白心灵又转向何处？
那时有谁留下来坚持
　祭扫你被人离弃的坟墓？
我悲怆的心情以此自豪——
　履行这最终的高贵职责；
哪怕全世界都把你忘掉，
　只要有我在，我终究记得！

因为我深知，在悠悠往昔，

　你对他何等亲切温存；[1]
今后他死去再无人悼惜，
　眷念过他的只有你一人；
我从你那儿蒙受的恩幸
　绝不是理应归我所有；
你宛如一场天国绮梦，
　尘世爱情不配去攀求。

1812年3月14日

① “他”实际上就是“我”。

“编织机法案”编制者颂[①]

艾伯爵真高明！赖大人更精细！[②]
　靠你们，准能够振兴英国；
霍勃雷，哈罗贝，帮你们治理，
　他们的医术是：先杀了再说。[③]
那一帮贱种，织工们，真犟，
　以“仁爱”为名，要什么救助——
把他们吊死在工厂近旁，

① 1811年至1812年，英国一部分工人（主要是纺织工人）奋起反抗资本家企业主。其主要斗争方式是举行暴动，捣毁机器。在斗争中，工人们宣称自己的首领和“国王”是路德，因此称为“路德派”，运动称为“路德运动”。当时暴动的中心是诺丁汉郡的袜子制造业地区，离纽斯台德不远。拜伦曾访问那里的工人区，了解工人的悲惨境况。1812年春，英国政府出动军队，对暴动工人厉行镇压；同时，授意国会通过所谓“编织机法案”，规定凡破坏机器者一律处死。2月27日上议院讨论这一法案时，拜伦发表了一篇著名演说，为暴动工人辩护，尖锐抨击政府对工人的血腥镇压。但是，不顾拜伦的激烈反对，“编织机法案”仍然在国会通过。随后，执政党的报纸猛烈攻击拜伦。3月2日，拜伦便在《晨报》上发表了这首《“编织机法案”编制者颂》。

② 艾伯爵：指约翰·司各特·艾尔登伯爵（1751—1838），他在1801年至1827年间任英国大法官兼上议院议长。“赖大人”，指理查·赖德尔（1766—1832），他在1805年至1812年间任英国内政大臣。下文的霍勃雷和哈罗贝大约是他们的助手。

③ 在2月27日的国会演说中，拜伦也曾把英国执政当局称为“政治庸医”，把他们的政策称为“医术”。

就能够了结这一桩“错误”。[1]

那一帮无赖，也许会抢劫，
像一群野狗，没啥东西吃——
谁弄坏纱轴，便立地绞决，
好节省政府的钱财和肉食。
造人挺容易，机器可难得——
人命不值钱，袜子可贵重——
舍伍德的绞架使山河生色，[2]
显示着商业和自由的兴隆！

近卫团，志愿队，法院的法警，
三名推事官，两位保安官，
二十个绞刑手，二十二团官兵，
把这些穷小子缉拿归案；
有几位爵爷，想找审判员
作一番咨询，可是办不到，
利物浦不肯给这种恩典，[3]

① 艾尔登曾宣称：诺丁汉郡工人暴动起因于一种“错误”。
② 舍伍德：诺丁汉郡的森林地区，路德派工人组织武装暴动的“根据地”。
③ 利物浦伯爵：即罗伯特·班克斯·詹金森（1770—1828），他在1812年至1827年间任英国首相。

　压根儿没审判，就通通干掉！

人们一定会感到惊诧：
　在百姓啼饥号寒的时候，
人命竟不值一双长袜？
　打烂机器的该打断骨头？
我想：（谁不这么想？）如果
　当真是这样，有这种蠢汉——
人家要救助，他却给绞索，
　那就先把他骨头打断！

1812年3月

致一位哭泣的淑女[1]

为父王的耻辱，王国的衰颓，
　你尽情哭泣吧，皇家的公主！
但愿你的每一滴泪水
　能洗掉父亲一桩错处。

你的眼泪是“美德”的眼泪，
　能为这多难的岛国造福；
人民将会在未来的年岁
　以笑颜回报你每一滴泪珠。

1812年3月

① 哭泣的淑女：指奥古丝达·夏洛蒂公主（1796—1817）。她的父亲乔治当时是英国摄政王（1820年成为国王，称乔治四世），极端顽固，反对任何改革。夏洛蒂十几岁就积极参与政治活动，政治观点比较进步，支持辉格党，反对她父亲的反动措施。1812年春（当时她才十六岁），在一次与摄政王及其他要员的激烈争辩中，她曾因悲愤而哭泣。拜伦听说这件事后，写了这首诗。由于它是针对当时英国最高统治者的，所以引起了伦敦反动当局的狂怒，对拜伦大举进行了挞伐，并为1816年他们对拜伦的凶狂围剿和迫害种下了前因。

温莎的诗兴

闻摄政王殿下在温莎谒陵时立于亨利八世与查理一世灵榇之间，有感而作。①

查理没有头，旁边是亨利没有心——
蔑视和背弃誓约使他出了名；
中间站着个手持王杖的动物——
会动，会统治——是国王，只少个名目。②

他呀，对人民像查理，对妻子像亨利，③

① 摄政王即后来的乔治四世（1762—1830），顽固恣肆的暴君和昏君。温莎在伦敦以西，是英国皇族陵墓所在地。1813年春，乔治曾往温莎谒陵。拜伦在这首诗中对他进行了猛烈鞭挞。

亨利八世（1497—1547），肆无忌惮的暴君。先后立过六个王后，其中有两个被他杀死或判刑，两个被他离弃。诗中的“蔑视和背弃誓约”即指此。

查理一世（1600—1649），著名的暴君。他的苛政迫使平民群起暴动，酿成内战。终于被国会判处死刑，1649年1月30日被斩首，所以诗中说他“没有头”。

② 拜伦作此诗时，乔治在名分上还是摄政王；1820年他的父亲（又疯又瞎的乔治三世）死了，他才正式成为国王。

③ 乔治在家庭生活中也极其专横冷酷，与妻子卡罗琳的关系恶劣异常，所以说他“对妻子像亨利”。

他身上，一个双料暴君在崛起；
审判和死亡枉自把尸灰糅混，
两个皇家吸血鬼又起死还魂。
坟墓没奈何，把他们的骨血灰渣
吐出来，捏塑成一位乔治殿下。

我给你的项链

译自土耳其文

我给你的项链玲珑精致，
　我赠你的诗琴悦耳动听；[1]
向你献礼的心儿也忠实，
　谁知碰上了倒霉的命星。

这两件礼品有神奇法力，
　能占卜我走后你是否忠贞；
它们的责任尽到了，——可惜
　没能教会你尽你的责任。

项链挺结实，环环扣紧，
　但生人的抚弄它不能忍受；
琴声也甜美——但你莫相信
　在别人手里它同样温柔。

① 诗琴：14世纪至17世纪在欧洲流行的一种类似吉他的弦乐器。也可以译为“琵琶”。

他摘你项链，项链就断折，
　他弹这诗琴，琴哑口无言；
它们抗拒他，看来，他只得
　换新的链扣，上新的琴弦。

既然你变了，它们也得变：
　项链碎裂，琴韵无声。
罢了！和它们、和你再见——
　哑琴，脆链，欺诈的心灵！

她走来，风姿优美[1]

她走来，风姿优美，好像
　无云的夜空，繁星闪闪；
明与暗的最美的形象
　交集于她的容颜和眼波，
融成一片淡雅的清光——
　浓艳的白昼与此无缘。

多一道阴影，少一缕光芒，
　都会有损于这无名之美：
美在她绺绺黑发间荡漾，
　也在她颜面上洒布柔辉；
愉悦的思想在那儿颂扬
　这神圣寓所的纯洁高贵。[2]

① 这首诗是咏威莫特·霍顿夫人的。她当时服丧，黑色衣服上饰有很多闪亮的金箔。故诗中以“夜空”“繁星闪闪”做比喻。

② “思想”的“寓所”即心灵。

安详，和婉，富于情态——
　在那脸颊上，在那眉宇间，
迷人的笑容，照人的光彩，[1]
　显示温情伴送着芳年，
显示她涵容一切的胸怀，
　她葆有真纯之爱的心田！

[1] “安详，和婉，富于情态”是描写“迷人的笑容，照人的光彩”的，“在那脸颊上，在那眉宇间”只是标明“笑容”和“光彩”所在的位置。

野 羚 羊[1]

野羚羊还能在犹达山头[2]
　欢快地跳跃不停；
圣地到处有活泼溪流，
　任凭它随意啜饮；
四蹄轻捷，两眼闪光，
不驯，喜悦，巡视着故乡。

同样快的脚步，更亮的眼睛，
　犹达也曾经见识；
在她那逝去的繁华旧境，[3]
　居民够多么标致！

① 这首诗，还有后面的《哭吧》《在约旦河岸》《我们在巴比伦的河边坐下来哭泣》等篇，都是取材于《圣经》，描写浪迹他乡的犹太人对故土的怀念。（公元前，犹太人聚居于巴勒斯坦并建立王国；1至2世纪为罗马所灭，人口外徙，散居在西亚、北非以至欧、美等地。）

② 犹达：巴勒斯坦南部以耶路撒冷为中心的古代王国。该地后来称为犹太，是犹太教的发祥地，被犹太教徒（以及后来的基督教徒）尊奉为圣地。（译者按：圣经中译本把地名Judah和人名Judas都译为“犹太”；现将地名Judah改译为“犹达”，以免混淆。）

③ “她”指犹达。

黎巴嫩香柏依然在飘动，①
犹达的少女已无影无踪！

以色列儿孙云飞星散，②
　怎及故乡的棕树！
它虽然寂寞，却风致宛然，
　牢固植根于故土；
它寸步不离生身的土壤，
它岂肯浪迹于异域他乡！

我们却必得辛苦漂泊，
　葬身于陌生的土地；
列祖列宗长眠的故国，
　却不容我们安息；
圣殿夷平了，石头也不剩，③
撒冷宝座上高踞着“侮弄”！④

① 黎巴嫩香柏：屡见于《旧约》。

② “以色列儿孙”指犹太人。（从历史渊源来考察，“以色列人”与“犹太人”原有区别，后来逐渐混用。）

③ 据说，耶稣曾预言：耶路撒冷的圣殿将被夷平，一块石头也不剩。（见《新约》的《马太福音》《马可福音》和《路加福音》。）该圣殿系用巨石构筑，始建于所罗门王在位时，其后又曾重修、重建。（见《旧约》的《列王纪》上篇、《历代志》下篇和《以斯拉记》。）

④ 撒冷：即耶路撒冷。

哭　吧

哭吧，为巴别河畔哀哭的流民：[1]
圣地荒凉，故国也空余梦境；
哭吧，为了犹达断裂的琴弦；
哭吧，渎神者住进了原来的神殿！

以色列上哪儿洗净流血的双脚？
锡安山几时再奏起欢愉的曲调？[2]
犹达的歌声几时再悠扬缭绕，
让颗颗心儿在这仙乐里狂跳？

只有奔波的双足，疲惫的心灵，
远离故土的民族哪会有安宁！

---

① 巴别：《旧约·创世记》第十～十一章的地名。作为地域，巴别与巴比伦有时可以通用；作为城邑，巴别城与巴比伦城相距不远。“流民”，指被掳到巴比伦的犹太人。公元前586年，耶路撒冷被迦勒底王国攻陷，大批犹太人被掳到巴比伦。

② 锡安山：在耶路撒冷，据说是耶和华的圣山。

斑鸠有它的窠巢，狐狸有洞窟，
人皆有祖国——以色列只有坟墓！[①]

① 《新约·马太福音》第八章："狐狸有洞，天空的飞鸟有窝，人子却没有枕头的地方。"

在约旦河岸[①]

在约旦河岸，阿拉伯骆驼队踯躅，
在锡安山上，邪教徒向邪神祷祝，
在西奈悬崖，太阳神信徒顶礼——[②]
连那儿，上帝呵，你的雷霆也沉寂！

在那儿，你的手指灼焦过石版！[③]
在那儿，你的形影向子民显现！
你的光辉，披裹着火焰的袍子，
你的真身，谁见了也难逃一死！[④]

哦，愿你的目光在雷电中闪耀！

---

① 约旦河：巴勒斯坦的一条河流。

② 西奈山在西奈半岛南部。

③ 大约是指耶和华在石版上书写"十诫"的事。详见《旧约·出埃及记》第三十一～三十四章，《申命记》第九～十章。

④ 据《出埃及记》第十九章，耶和华曾在火焰围裹之中，在摩西和众百姓的眼前，降临到西奈山上。耶和华叫摩西嘱咐百姓，不可向他（耶和华）注视，否则就难逃一死。

斩断压迫者血手，扫落他枪矛！
你的土地——让暴君蹂躏多久？
你的殿宇——荒废到什么时候？

耶弗他之女[1]

父亲呵！祖国和上帝
需要你女儿死义；
胜利靠许愿换来——
请刺穿这袒露胸怀！

我的悲恸已沉默，
山峦已见不到我；[2]
你的手将我击中，
这一击决无苦痛！

父亲呵！请你深信——

---

① 耶弗他是古代以色列秉政的士师之一。他原是基列的勇士，当亚扪人攻打以色列人时，他被推举为基列人的领袖和元帅。他向耶和华许愿说：如果耶和华佑助他击败亚扪人，他将把他凯旋回家时遇到的第一个人或动物作为牺牲献祭给耶和华。后来他果然击败了亚扪人，回家时遇到的第一个人却是他的独生女。耶弗他极为悲痛。但她女儿认为向耶和华立下的誓言必须遵守，终于慷慨捐躯。此后，以色列女子每年都要为耶弗他之女哀哭四天。详见《旧约·士师记》第十一章。

② 耶弗他之女在死前曾与她的女伴到山上去了两个月，为她童贞之死悲恸。

你孩儿血液纯净，
像临终祈求的福祉，
像怡然瞑目的心思。

让撒冷少女去哭泣，
士师和勇士莫游移！
我打赢了伟大的战斗，
父亲和祖国已自由！

你给我的赤血一洒，
你爱听的嗓音一哑，
仍望你以我为荣，
莫忘我临终的笑容！

竟然攫去你娇艳生命[1]

竟然攫去你娇艳生命！
你岂应负载沉重坟茔？
　在你草茵覆盖的墓园，
　让玫瑰绽开最早的花瓣，
野柏在幽暗中摇曳不定。

往后，傍着那溪流碧绿，
“悲哀”会时时低垂头颈，
用幻梦哺育深沉思绪，
　步子轻轻的，走走停停，
　仿佛怕惊扰逝者的宁静。

去吧！也明知眼泪没有用，
　死神对悲苦不闻不问；
那我们就该停止伤恸？

① 有的拜伦研究者认为，此诗也是为悼念赛沙而作。参看《给赛沙》诗注。

哀哭者就该强抑酸辛？
而你——你劝我就此忘怀，
你面容惨白，你泪痕宛在！

我灵魂阴郁

我灵魂阴郁——快调好琴弦，
　趁我还受得住聆听乐曲；
用轻柔手指向我耳边
　弹弄出喁喁细诉的低语。
只要这颗心还有所希图，
　乐音会再度将它诱导；
只要这双眼还藏着泪珠，
　会流出，不再把脑髓煎熬。

让琴曲旋律深沉而激越，
　欢快的调门请暂且躲开；
乐师呵，让我哭泣吧，否则，
　沉重的心呵，会爆成碎块！
它原是悲哀所哺育，后来
　长期在失眠中熬受痛楚，
命运给了它最坏的安排：
　碎裂，——要么，被歌声收服。

我见过你哭

我见过你哭——炯炯的蓝眼
　滴出晶莹的珠泪，
在我想象里幻成紫罗兰
　滴着澄洁的露水。
我见过你笑——湛蓝的宝石
　光泽也黯然收敛，
怎能匹敌你嫣然的瞥视
　那灵活闪动的光焰！

有如夕阳给远处云层
　染就了绮丽霞彩，
冉冉而来的暝色也不能
　把霞光逐出天外：
你的笑颜让抑郁的心灵
　分享纯真的欢乐，
这阳光留下了一道光明
　在心灵上空闪射。

你生命告终

你生命告终，威名却树立；
　你故乡的歌曲谣讴
记述她英雄儿子的胜利，
　记述他刀剑的格斗，
他建立的功勋，他打赢的战役，
　他所夺回的自由！

我们已自由，纵然你倒地，
　你不会感受到死亡；
你身上流出的高贵血液
　不屑于沉入土壤：
它正周流在我们血脉里，
　你活在我们身上！

你的名字，在呐喊声中
　激励着冲锋的队伍，

合唱的主题——你的牺牲
　从少女歌喉中倾吐；
恸哭有损于你的光荣，
　你不是被哀悼的人物！

“传道者说：凡事都是虚空”①

我有过荣名，才智，爱情，
　青春，健康，和精力；
葡萄常使我酒杯泛红，
　有俏影相偎相倚；
“美”曾像阳光，朗照我心房，
　我灵魂愈益温柔；
享人间珍品，拥天下宝藏，
　我曾像帝王般富有。②

如今我极力搜寻记忆，
　把往事一一清点，
看此生有哪些珍奇经历
　吸引我重温一遍。

① “传道者说：……凡事都是虚空。”此语见于《旧约·传道书》第一章和第十二章。

② 这两行承上文而来，是说自己精神上、心灵上的富足，而不是夸耀物质财富。

没有哪一天，没有哪一时
  欢情不掺上苦味；
也没有哪一件华美服饰
  不曾磨损而破碎。

田野的毒蛇，术士有本领
  防止它将人荼毒；[①]
然而，当蛇虫盘曲在心灵，
  谁能够将它驯服？
它不肯倾听理智的声音，
  也不受乐曲引诱；
它无尽无休地啃咬着灵魂，
  灵魂却必得忍受！

① 据说术士的咒语能够震慑毒蛇，使之不能伤人。

当这副受苦的皮囊冷却

当这副受苦的皮囊冷却，
　那不灭的精魂漂泊何处？
它不会消殒，它不会停歇，
　走了，撇下这晦暗尘土。[①]
无影无形，它是否追蹑
　座座行星在天宇的途程？
是否列入了寥廓上界——
　那儿有无数俯瞰的眼睛？

永恒、无限、不朽的思想——
　无人能见它，它察见一切；
大地高空的森罗万象
　都听它召唤，都受它检阅。
往昔岁月的朦胧旧事，
　记忆里不过淡淡留痕，

① 尘土：指皮囊、躯壳。参看《悼玛格丽特表姐》注释。

只要精魂纵目一扫视，
　历历前尘就毕露纷呈。

这精魂回眸细察原先
　人类诞生之前的混沌；
这精魂探访最远一重天，
　追溯它出世升空的途径。
“未来”致力于建造或摧毁，
　这精魂睁眼审视来日；
当太阳熄灭，星系崩颓，
　它自有千秋，永不消逝。

超越于爱和恨，希望和忧虑，
　它漠然无感，纯净澄洁；
世代像尘寰的年月般逝去，
　年月就像分秒般飞掠。
它无翼的思想高翔天外，
　俯临一切，又经历一切；
一种无名的、永恒的存在：
　何物死亡！早浑然忘却。

伯沙撒所见异象[1]

国王高踞于王位，
　大吏们济济一堂；
宫廷里良宵盛会，
　一千盏华灯齐放。
犹达的神圣珍品——
　一千盏金质酒盅——
耶和华歆享的器皿，
　渎神的邪教徒享用！

这时，忽然有手指
　显现在这座厅堂，

① 伯沙撒是公元前6世纪迦勒底王国（新巴比伦王国）末代国王。据《旧约·但以理书》第五章，伯沙撒和他的一千大臣欢宴，饮酒器皿是从耶路撒冷的耶和华圣殿中掠夺来的。饮宴间，忽然有人的手指显现，在与灯台相对的粉墙上写字。伯沙撒大惊，招来所有的哲士，但他们都看不懂那文字。只有掳来的犹达青年但以理能够看懂，他告诉伯沙撒，那文字乃上帝耶和华所写，意思是：迦勒底国祚已告终；国土将分别归属玛代人和波斯人；伯沙撒将被天平称过，证明他不具备为王的资格。就在当天夜晚，巴比伦果然被玛代人袭取，伯沙撒被杀。（玛代是西亚古国，在亚述以东、巴比伦以北，即今伊朗西北部。）

在那粉墙上写字，
　仿佛是写在沙上。
分明是人的指头
　在那字迹上移动；
那独一无二的巨手
　像一根魔杖在推送。

那国王见了害怕，
　忙吩咐立即罢宴；
脸色苍白像白蜡，
　说话声音也发颤：
“传那些饱学之士，
　无敌的智囊前来，
诠释这可怖的文字——
　它把我豪兴败坏。”

迦勒底卜人善算，
　对此却无计可施；
陌生的字迹仍然
　可畏而无人能识。
巴别的高龄学者
　聪慧而学识深奥；

原来也并非圣哲，
　对此都瞠目不晓。

境内有一个俘虏，
　是来自异邦的青年，
他听到国王的吩咐，
　看到那真确的预言。
那华灯辉映四周，
　那预言赫然在目；
当夜他解答如流，
　次日便证明无误。

“迦勒底国祚已告终；
　伯沙撒坟墓已掘好；
他放在天平上一称：
　像泥土，微不足道。
尸衣是他的华衮，
　他的华盖是墓碑；
玛代人进入他宫门，
　波斯人登上他王位！”

不眠者的太阳

你是不眠者的太阳，忧郁的孤星！①
战栗着，你清辉远射，泪眼晶莹，
展示着你无力驱除的茫茫暗夜，
你多像记忆中萦回不去的欢悦！
“往昔”，那异日的光波也荧荧闪射，
它柔弱的光华却没有一丝温热；
“忧伤”伴守着、注视着这暗夜幽光——
清晰，却辽远；晶亮，却这样冰凉！

① 孤星：原文star，为单数。有些注家认为是指月亮。（英语star可指星，也可指日、月、地球。）

希律王哭马利安妮[1]

马利安妮呵！为了你，如今
　害你流血的这颗心在流血；
报复心化为极度的悲辛，
　狂怒的苦果是悔恨不迭。
马利安妮呵！你前往何方？
　你已听不到我痛心的辩解；
我徒劳的祈祷打不动上苍，
　只求你饶恕我可怕的罪孽！

她竟死了吗？——他们竟敢于
　遵从我妒火中烧的乱命？
这暴行注定了我绝望的结局：
　杀她的利剑挥向我头顶！
你已经僵冷，被害的爱妻！

① 希律：前74—前4，犹太王，出名的暴君，因怀疑王后马利安妮不贞而将她杀死。据《新约·马太福音》第二章记载，他曾杀尽伯利恒城两岁以下的男孩。拜伦在这首诗中指出：暴君的杀人利剑最终会落到暴君自己的头上。

　　这阴晦心灵空向她恳请：
她独自远飏，她断然舍弃
　　我这不堪拯救的魂灵！

同享王权的王后已亡化，
　　我的欢情也葬入墓穴；
只向我盛放的犹达名花
　　已经在我摧残下凋谢；
罪名我难免，地狱我难逃，
　　孤苦情怀更永难消解；
这苦刑便是对我的回报：
　　它总是不灭，又总是毁灭！[①]

① “不灭”是说苦刑本身不会消灭，“毁灭”是说苦刑不断对受刑者进行摧残和毁灭。

我们在巴比伦的河边坐下来哭泣[1]

我们在巴比伦的河滨
　坐下来哭泣，想那天
狂呼乱砍的敌人
　焚掠了撒冷的神山；
她孤苦无依的儿女们
　哀哭着向四方逃散。

看河水自由流淌，
　我们止不住伤悲；
叫我们唱歌，——休想！
　岂肯让异族扬威！
要我为敌人弹唱，
　情愿我右手枯萎！

① 《旧约·诗篇》第一百三十七篇："我们曾在巴比伦的河边坐下，一追想锡安就哭了。我们把琴挂在那里的柳树上。因为在那里掳掠我们的，要我们唱歌，抢夺我们的，要我们作乐，说：给我们唱一首锡安歌吧。我们怎能在外邦唱耶和华的歌呢？耶路撒冷呵！我若忘记你，情愿我的右手枯萎！"参看《哭吧》注释。

柳树上挂起我的琴，
　它只奏自由之歌；
撒冷的荣耀已沉沦，
　只留下这张琴给我；
决不能让它的清音
　同贼寇叫嚣声混合！

西拿基立的覆灭[1]

亚述人来了，像狼扑群羊，
盔甲迸射着紫焰金光；
枪矛闪烁，似点点银星
俯照着加利利波光浪影。[2]

日落时，到处是人马旌旗，
像夏日茂林，绿叶繁密；
天一亮，却只见尸横遍野，
像秋风扫落的满林枯叶。

天使展翅，把阵阵阴风
吹向来犯之敌的面孔；
沉睡的眼睛便冷却、呆滞，

① 西拿基立：亚述国王。据说，当他率领军队准备攻取耶路撒冷之时，因他毁谤了耶和华，耶和华便派天使到亚述营中，把将帅、官长、勇士尽皆诛灭。西拿基立回到亚述，为其子所杀弑。见《旧约·列王纪》下篇第十九章、《历代志》下篇第三十二章、《以赛亚书》第三十七章。

② 加利利海：巴勒斯坦北部的湖泊。

心房猛一跳，便永远静止！

战马倒地，张开的鼻孔里
再也喷不出得意的鼻息；
吐出的白沫还留在地下，
冷得像扑打岩石的浪花。

惨白，拘挛，躺着那骑士，
眉头凝露，铁甲锈蚀；
营帐悄然，残旗犹在，
枪矛不举，号声不再！

亚述的遗孀号啕挥泪，
太阳神庙宇里金身破碎；[①]
何需用刀剑，上帝只一瞥，
异教徒威风便消融似雪！

① 亚述人信奉太阳神，被犹太教徒视为异教。

诀 别 词[1]

谨祝你如意！如果是永别，
　那就谨祝你永远如意！
这颗心纵然不能谅解，
　对你，它也决不会叛逆。

如果这胸怀曾袒露于你——
　每当宁静的睡意降临，
你头颈惯向这胸怀偎倚——
　那安恬睡梦已一去难寻！

如果这胸怀，只消你一瞥，
　它深藏的思想就袒露无遗，

① 拜伦于1815年1月同安·密尔班克结婚。密尔班克是一个笃信宗教、思想僵化的贵族小姐，无法理解拜伦离经叛道的思想和乖张怪僻的性格。1816年1月，她带着刚刚满月的女儿艾达返回母家，随即提出与拜伦分居。拜伦大为震惊，写信请求她重新考虑，但她不为所动。3月17日，拜伦同意分居。同一天，他写了这首《诀别词》向她最后告别，诗中仍表现了旧情难断。

英国“上流社会”的“正人君子”之流，利用拜伦这次婚变事件，掀起了一场轩然大波，迫使拜伦最终离开英国。

那么，你就终于会发觉：
　那样鄙弃它并不相宜。

尽管这世界为此夸奖你，
　对你的举动报以笑颜，
这些赞扬其实是诬枉你：
　它们植根于别人的苦难。

我诚然咎由自取；不过，
　除了那拥抱过我的臂膀，
难道就找不到另外的胳膊
　来造成我这不治的创伤？

还是请不要欺骗自己；
　爱情只会慢慢地衰败，
请不要相信，猝然一击，
　就能把两颗心彻底分开。

你的心仍然生机活跃，
　我的也活着，流着血，跳动；
这痛楚的思想永难磨灭——
　你我今生再不会重逢。

这些话语中深重的苦恼
　有甚于临尸一恸的悲哀；
两人都活着，而每天清早
　都得在独守的空床上醒来。

当我们的孩子学着说话，[1]
　你从她身上寻求慰藉，
会不会教她唤一声“爸爸”？
　而爸爸的抚爱她必得弃绝！

当她的小手将你搂抱，
　她的嘴唇和你的贴紧，
请怀念他吧——他为你祝祷，
　他曾受惠于你的爱情！

如果她的面貌和神气
　有几分像你永诀的故人，
你的心房呵，会轻轻战栗——
　它的搏动还那样真诚！

① “我们的孩子”指1815年12月出生的女儿艾达。

我的过错大概你熟知，
　我的癫狂却无人理会；
我的希望已黯然消逝，
　你走了，它随你远走高飞。

每一种情感都动摇断裂；
　全世界都无法折服的高傲
却向你折服——被你抛却；
　连我的灵魂也将我轻抛！

罢了！言词有什么用处！
　我的言词更毫无效验；
思想不听我们的羁束，
　它无须旨意，夺路向前。

谨祝你如意！就此告别，
　把血肉因缘一一斩断；
孤苦的心灵已枯槁衰谢，
　死神又偏偏与我无缘！

1813年3月17日

写给奥古丝达（其一）①

当阴霾暗影将四周笼罩，
　“理性”悄然隐匿了光芒，
“希望”闪烁着垂危的火苗，
　我在孤独中迷失了方向；

当内心展开惨烈搏斗，
　当灵魂面临阴森午夜，
恐怖凌虐被称为宽厚，
　软弱者绝望，冷漠者告别；

① 这首诗写于作者婚变发生之后。由于拜伦曾在作品中猛烈抨击英国统治当局和御用文人，无情揭露英国社会习俗、道德、法律、宗教的虚伪和卑劣，英国“上流社会”和教会对他久已恨之入骨。这时便以他的妻子出走为口实，对他大肆围攻。报纸刊物不断攻击谩骂；反动文人极力造谣中伤；他的财产被查封，房屋被警方强占；“正人君子”纷纷同他“划清界限”，断绝来往；流氓暴徒严重威胁他的人身安全。在这种情况下，拜伦说：“如果这些流言蜚语和议论是真实的，那就是我不配住在英国；如果是假的，那就是英国不配让我来住。”1816年4月25日，拜伦便永远离开了祖国。奥古丝达即李夫人，是拜伦同父异的姐姐，比作者大四岁，对拜伦始终怀着深挚友爱和温暖同情。在拜伦发生婚变，遭到“上流社会”凶狂围剿的不幸日子里，只有她给拜伦以热情支持和亲切安慰。

据有的拜伦研究者考证，这首诗的写作时间当在1816年4月12日前后，是作者在英国所写的最后一首诗。

当厄运临头，爱情远飏，
　　憎恨的利箭万弩齐发：
你是我独一无二的星光，
　　高悬在夜空，永不坠下。

赞美你长明不晦的光焰！
　　像天使明眸，将我守护，
峙立在我和暗夜之间，
　　亲近，温婉，清辉永驻。

当滚滚乌云奔临头顶，
　　极力掩却你煜煜明辉，
你远布的光华却愈加纯净，
　　把周遭暗影尽行逐退。

愿你心俯临我心，来教导：
　　何事要果敢，何事要宽容；
你一句轻柔低语便抵消
　　全世界对我的可鄙指控。

你像棵绿树，枝叶婆娑，
　　屹立不屈，却微微低俯，

忠诚地，慈爱地，摇曳着枝柯，
　荫覆你深情眷念的故物。

任狂飙暴雨横扫大地，
　你还是那样热切温存，
在风雨如晦的时刻，把你
　洒泪的绿叶撒布我周身。

让任何厄运降临我头上，
　决不能让你遭到灾厄；
阳光朗照的天庭要报偿
　仁慈的圣者——你是第一个！

溃灭的爱情，任凭它崩断！
　你的情谊却万世难消；
你心肠善感，却从不变换，
　你灵魂柔顺，却永不动摇。

一切都失去，唯有你不变，
　你这坚贞可靠的胸怀！
这世界原来并不是荒原——
　甚至对我也未尝例外！

写给奥古丝达（其二）[1]

我吉祥时日已一去不返，
　我命运之星正黯然陨落，
你慈惠心灵却从未发现
　众人指摘的我那些过错；
你的心熟知我的苦痛，
　却毫不畏避，愿与我分尝，
我心中设想的那种爱情
　竟无处寻觅——除了你心上。

周遭的大自然展露笑颜，
　这是她还我的最后一笑，
我不会相信这是欺骗，
　只因联想到你的笑貌。
当狂风袭击海洋（正如

① 这首诗写于瑞士日内瓦附近的狄沃达蒂山庄。当时作者已因遭受英国各种守旧势力的围攻迫害而不得不移居国外。

　　我信赖的心胸向我袭击），[①]
那海浪激起我什么感触？
　　只怪它——海浪，把你我分离！

我残余希望的基石已撞破，
　　碎片纷纷沉没到水底，
灵魂已交给痛苦来发落，
　　但它决不做痛苦的奴隶。
种种苦难会来追逐我：
　　它们能摧毁，却休想侮蔑，
它们能折磨，却休想制伏我——
　　我只想着你：想它们？不屑！

虽然你是人，却不欺哄我，
　　虽然是女人，你不曾遗弃，
虽然被我爱，从不刺痛我，
　　虽然被毁谤，你毫不游移，
虽然被信赖，不曾回绝我，
　　虽然分别了，并不想摆脱，

① 心胸：原文breasts，为复数。可见“我信赖的心胸”不仅指安·密尔班克，也指那些原先曾是作者的朋友，一旦作者倒运，立即同作者“划清界限”，翻脸成仇的势利小人。

虽然很警觉，绝不污蔑我，
　为防人曲解，也不甘沉默。

我并不谴责或鄙薄这世界，
　也不恨众人对我的攻击——
既然我无法尊敬这一切，
　只怪我太蠢，不早些回避。
我为这过失付出了高价，
　高昂得超出原先的计虑；
但是，不管我损失多大，
　绝不能从这儿把你夺去！

往事已消亡，残存的遗物里
　还有这么多我铭记在心，
指明：我素来最珍爱的情谊
　不愧为世间最名贵的奇珍。
沙漠里涌出一道甘泉，
　荒原上挺立一棵绿树，
幽寂中一只鸟儿啼啭，
　向我的心灵将你描述。

1816年7月24日

致伯沙撒[1]

伯沙撒！快离开你的筵席，
　再不要昏昏然沉迷酒色；
看吧！那粉墙，那划出的字迹，
　还在你眼前煌煌闪烁。
世人常误认：是上苍允诺
　那些暴虐者膏沐称王；[2]
而你，帝王中最糟的一个——
　那儿不写着：你必得死亡？

去吧！摜掉你鬓边的玫瑰——
　白发戴红花未免肉麻；
青春的花环怎与你相配？
　比你戴王冠更不像话；

① 伯沙撒：已见前注。这首诗中犀利辛辣的讽刺和鞭挞，显然不会是针对两千多年前巴比伦的末代国王，而是针对与作者同时代的那些反动腐朽而又昏聩愚顽的统治者的。

② 古犹太习俗，立某人为王时，以香油涂其头顶，称为“涂油礼”或“膏沐礼”。

冠上的珠宝全叫你糟蹋，
　还要它何用？快扔到一旁！
王冠给你戴，奴才也笑骂；
　学点丈夫气，像样地死亡！

你老早就在天平上称过，
　言语和品德都毫无价值；
留给你的是泥土一撮，
　灵魂比青春更早就飞逝。
世人见了你，有谁不嘲嗤；
　"希望"却垂泪，悲叹这世上
竟有这号人：不配统治，
　不配生存，也不配死亡。

1815年2月12日

歌词（其一）

感觉迟钝了，衰退了，早岁的情思已黯然失色，
人世再不会给什么佳趣，能及它夺走的欢乐；
转瞬凋谢的，岂止是少年颊上明艳的绯红，
青春未逝，心底的娇花嫩蕊已一去无踪。

幸运之舟沉没了，残骸上，还有些灵魂在漂浮，
被浪涛冲向贪欲的海洋，冲向罪孽的洲渚；
罗盘或是失落了，或是徒然向海岸遥指，
船帆裂成了碎片，再不能扬帆向那边航驶。

灵魂的致命寒气袭来，一如死亡的降临；
无感于别人的愁苦，也不敢想象自己的悲辛；
那凛冽寒气，把我们泪水之源凝冻成冰，
两眼虽光芒炯炯，闪射寒光的恰恰是冰凌。

午夜时辰已不再赐予人们恬适的休憩，

尽管有妙语吐自唇间，有欢笑宽解胸臆，
也只如常春藤枝叶盘绕着倾颓荒废的楼塔，
外表是翠绿清新，里面却一片灰暗衰飒。

愿我像过去一样感受，——愿我像过去的我，
愿我像过去一样哭泣，悲悼人生的逝波；
荒漠中涌现的泉水，尽管咸涩，也显得甘甜，
在人生荒漠，也愿有这样泪水涌向我双眼。

1815年3月

歌词（其二）

“美”的女儿没有哪一个
能像你这样迷人；
你柔美的声音听来宛若
水上飘荡的乐音；
仿佛这乐音迷醉了海洋，
海洋已停止动荡，
涟漪静卧着，粼粼闪闪，
风儿也睡梦方酣。

明月在编织皎洁的纱布
笼罩午夜的大海；
海的胸膛轻轻地起伏，
如同熟睡的婴孩；
心灵在向你鞠躬致敬，
默默地向你倾听；
那感情浓烈而又柔婉，

像夏天海上波澜。

1816年3月28日

咏“荣誉军团”星章[1]

译自法文

勇士的星呵！——你的光芒
向生者和死者洒布荣光——
备受尊崇的辉煌欺饰！
奔去欢迎你的有千万战士；
像流星，本可在天宇长存，
为什么升空后向地面坠陨？

你的星光由烈士英魂聚成；
你的火焰里闪耀着“永恒”；
天上的荣名，人间的忠烈，
谱出你这座星球的军乐；
世人仰望：你光华夺目，

① “荣誉军团”星章是1802年拿破仑任法国第一执政时所设置的星形勋章，分成几等，授予功勋出众的军队官兵和文职人员。拜伦这首诗作于拿破仑在滑铁卢覆败（1815年）之后，佯称“译自法文”，实际是他自己的作品。诗中热烈歌颂自由和为自由而战的人民，歌颂以三色旗为象征的法国革命，对拿破仑既有肯定也有谴责，并指出“荣誉军团”之类的励章、勋位不过是一种“欺饰”。

像一座火山在高空喷吐!

你滚滚血川像岩浆熔铄,
那洪流冲走了多少帝国;
当你的明辉普照四方,
底下的大地摇摇震荡;
你高挂中天,把骄阳削弱,
它黯然无光,不得不沉落。

比你早一些升上天穹,
伴着你成长的,是一道彩虹:
它绚丽多姿,分呈三色[①],
圣洁,明朗,与天象契合;
自由神亲手将色泽糅混,
似仙山宝石,异彩缤纷。

第一种色泽染自阳光;
第二种在天使蓝眸里深藏;
第三种以它淡雅的光华
笼罩着仙灵缟素的轻纱:

① 三色:指红蓝白三色旗,即法兰西共和国国旗。在18世纪末叶的法国大革命中,三色旗和三色徽都是革命的标志。

三种色泽奇妙地交融，
织出一幅天国的绮梦。

勇士的星呵！你光芒已敛，
沉沉暗夜又宰制人间！[①]
为了你呵——自由的彩虹，
我们的鲜血热泪要流涌！
你光明的希望一旦消退，
我们的生命剩泥土一堆！[②]

自由神用她庄严的步履
圣化了死者静穆的幽居；
傲然列队于她的麾下，
烈士在泉台神采焕发；
自由女神呵！我们会很快
永远与他们，或与你同在！

---

① 拿破仑覆败后，欧洲的政治形势更趋反动。
② 圣经上说：人是上帝用泥土抟造的。分别见于《创世记》第二章、《约伯记》第三十三章等处。

普罗米修斯[1]

提坦！从尘寰悲惨的现实，[2]
　你饱览凡人的疾苦，而在
　你万古长明的两眼看来，
天神对此原不该漠视。
你的悲悯，什么是酬答？
是无声而又酷烈的刑罚：
巉岩，兀鹰，锁链的束缚，

① 据希腊神话，普罗米修斯偷出天上的火送给人类，为此遭到最高天神宙斯的惩罚，被缚在高加索山崖上，并被兀鹰啄食脏腑。最后他被赫拉克勒斯解救。两千多年来，普罗米修斯一直是诗人讴歌不倦的题材。拜伦早在学生时代，就翻译过埃斯库罗斯的悲剧《被缚的普罗米修斯》的片段。他曾在写给友人的信中谈到：普罗米修斯的形象经常在他头脑里盘旋。在他各个时期的诗篇里，普罗米修斯的名字先后出现过十七次。拜伦对普罗米修斯如此心仪神往，绝非偶然。别林斯基对拜伦的下述评价可供参考：“拜伦是我们这个时代的普罗米修斯，锁在山崖上，被兀鹰啄食着脏腑。这个伟大的天才，在他的高山上向前瞭望，但是，他在朦胧闪烁的远方并没有看到什么未来的乐土，于是，他就诅咒当代，宣布自己对当代的不可调和的永恒敌意。他关怀千百万人的苦难，他热爱人类。但他也蔑视和憎恶凡俗的世人，在这些人中间，他感到自己是孤独的，是为他们所摈弃的。他骄傲地战斗着，怀着不朽的悲痛……他是新精神的代表，他为了人类而战斗。”

② 据希腊神话，天父乌拉诺斯和地母该亚所生的子孙，称为提坦神族。普罗米修斯是提坦神族的一员。

高傲者身受的百般痛楚；
强忍而毫不外露的苦情，
令人窒息的艰危逆境；
　孤寂的时刻才能低诉，
还得留神，防天神窃听，
待到声响没半点回音，
　才能把叹息轻轻吐露。

提坦！你已承受了一场
　苦难与意志之间的搏斗——
　不能杀害你，就凌虐不休；
而那苛酷不仁的上苍，
“命运”那不恤人言的暴政，
“仇恨”那威临一切的本性
（它为了取乐，造出些玩物，
造出来好让它毁坏消除），
连死亡也不肯让你享有，
让可憎的“永劫”与你厮守——
你凛然经受了这一切折磨；
而雷霆之神的全部收获[1]

① 雷霆之神：即宙斯。

就是这凶讯：你的苦刑
会以牙还牙，向他回敬。
对他的命数，你洞若观火，
却守口如瓶，毫不示弱；[①]
你的沉默是对他的判决，
他心中枉自懊悔不迭；
他掩饰不了内心的惊悸：
电火正在他手中战栗！

你那圣洁崇高的“罪状”
　无非是怀着一腔悲悯，
　用教诲减轻人类的不幸，
用才智增强人类的力量。
虽然你已受挫于天庭，
但是，从你刚毅的威灵，
从你历久不渝的坚持，
　从你铁骨铮铮的抗击
（天神地祇都无计可施），

① 普罗米修斯是预言家，能预知未来，也预知宙斯日后的结局。（“普罗米修斯”一词的原意就是“先见”。）宙斯将他缚在高加索山崖上以后，派使者去求他说出宙斯此后的命运，遭他拒绝。参看埃斯库罗斯《被缚的普罗米修斯》第九四四～一〇〇六行。

　我们领受了重大教益：
你是个象征，是个证据，
　昭示了人类的力量和命运；
像你，人也有神灵的禀赋：
　水流虽搅浑，源头却纯净。
人也有几分先见之明，
能预知自己惨淡的前程，
他的不幸和他的抗争，
他的孤立无援的困境。
这样，他的心神会奋发，
顶得住凶灾横祸的摔打；
　坚忍的意志，深切的见解，
虽在含辛茹苦的时辰
　也能预见到丰厚酬谢；
敢抗争才会有捷报佳音，
死神呵，会变成胜利女神！

1816年7月，狄沃达蒂

十四行：致莱蒙湖[①]

莱蒙呵！这些英名和你配得上——
　卢梭，伏尔泰，斯塔尔，我们的吉本；[②]
　人杰地灵，即使再没有别人，
他们也足以唤起你深情的回想。
对他们，对众人，你佳景并无两样，
　他们却使这胜境更饶丰韵；
　宏论卓识像雄风震撼人心，
留下的旧址颓垣也备受敬仰。
小舟轻荡，掠过你碧波晶莹，
　瑰丽的名湖呵！此时，在我们心底
充满了炽烈而绝非狂热的豪情，

① 莱蒙湖：即日内瓦湖。

② 卢梭（1712—1778）、伏尔泰（1694—1778），都是法国卓越的启蒙思想家、哲学家、文学家，拜伦在青年时期曾受过他们很大影响。斯塔尔夫人（1776—1817），法国女作家。吉本（1737—1794），英国历史学家（与作者同属一国，故诗中称之为“我们的”）。这四个人都曾在日内瓦和莱蒙湖一带居住过。1816年夏天拜伦在日内瓦居留期间，曾去探访这些人的旧居。同年6月27日他在写给约翰·墨瑞的信中曾述及此事。

想到不朽的盛业有人承继，
为了有这些后起之秀而庆幸，
让“光荣”生机健旺，畅然呼吸！

1816年7月，狄沃达蒂

阿尔哈玛的悲歌[1]

摩尔王策马纵横驰骋，[2]
穿过格拉纳达的王城；
他从厄尔维拉的城门
向毕瓦兰布拉城门前进。
　　　　呜呼，阿尔哈玛！

送给国王的函件述说
阿尔哈玛陷落的经过；
他把那函件往火里一丢，

---

① 8至13世纪。非洲北部信奉伊斯兰教的摩尔人进入欧洲西南部伊比利亚半岛，并在那里建立统治。13至14世纪，摩尔人建立的格拉纳达王国（建都于西班牙南部格拉纳达城）国势甚盛。15世纪后期，西班牙人逐步恢复故土，摩尔人势力不断削弱。1492年西班牙人攻克格拉纳达，摩尔人和伊斯兰教在伊比利亚半岛的统治至此告终。

拜伦这首歌谣所叙述的故事，即以上述历史事件为背景。诗中的“基督徒”即指西班牙人。阿尔哈玛（或译“阿拉玛”）是位于格拉纳达西南的一座城市。西班牙人围困和攻陷阿尔哈玛的故事，早就在西班牙和阿拉伯的民间歌谣中传唱。拜伦根据一首阿拉伯歌谣的大意，改写成为此诗。所表达的仍然是拜伦多次表达过的主题：专制统治者必然覆灭。

② 摩尔王：指15世纪格拉纳达国王阿布·哈桑。

他把那信使推出斩首。
　　　鸣呼，阿尔哈玛！

他跳下骡子，跨上名驹，
他纵马向前，穿过街衢；
穿过扎卡丁街衢闹市，
向阿尔汗布拉城堡疾驰。[①]
　　　鸣呼，阿尔哈玛！

刚一到达阿尔汗布拉，
国王立即把谕旨传下，
叫号手快把银号吹响，
让嘹亮号声四处传扬。
　　　鸣呼，阿尔哈玛！

再把沉重的战鼓猛敲，
向远方发出响亮的警报；
好让摩尔人从城里乡间
前来响应这军乐的召唤。
　　　鸣呼，阿尔哈玛！

① 阿尔汗布拉：或译“阿兰布拉”，著名的摩尔城堡和宫殿，在格拉纳达郊外。建于13至14世纪期间，至今尚存。

听到这声音，摩尔人知道
嗜血的战神发出了号召；
一个跟一个，一对接一对，
组成了一支威武的军队。
　　　鸣呼，阿尔哈玛！

这时，有一位摩尔老人，
走到国王的面前发问：
“国王呵，集合的原因何在？
你召唤我们所为何来？”
　　　鸣呼，阿尔哈玛！

“乡亲们！你们务必知悉
我们已惨遭敌寇袭击，
那帮基督徒，残暴无耻，
攻陷了阿尔哈玛城池。”
　　　鸣呼，阿尔哈玛！

这时，年迈的阿法契开言，
颔下的长须银白一片：
“国王呵！这是你应得的报应，
国王呵！这对你十分公正。

鸣呼，阿尔哈玛！

“你杀了阿本瑟瑞吉一家，①
他们是格拉纳达的精华；
而科尔多瓦的异族骑士团②
却受到你的收留和宠眷。
鸣呼，阿尔哈玛！

“国王呵，就为了你这些罪行，
今天你遭到加倍严惩：
你本人，你的王冠和疆土，
要惨遭灭顶，踪影全无！
鸣呼，阿尔哈玛！

“有谁胆敢将天条轻蔑，
他必在天条惩罚下毁灭；
格拉纳达定然会陷落，
你本人和它一同覆没！”
鸣呼，阿尔哈玛！

---

① 阿本瑟瑞吉是摩尔人中很有名望的家族。15世纪时，他们在格拉纳达地位显赫，为国王阿布·哈桑所忌，将他们满门抄斩。

② 科尔多瓦：位于格拉纳达西北的地区和城市。

老人眼中冒出了怒火，
国王一听，也怒不可遏，
恨他竟敢同国王抗辩，
恨他讲天条义正词严。
　　　呜呼，阿尔哈玛！

“天条决不容这等胡说，
用恶言触犯君王的耳朵！”
国王怒斥着，恨恨不绝，
传下谕旨：将老人处决。
　　　呜呼，阿尔哈玛！

阿法契！阿法契！摩尔老人！
你偌大年纪，须发如银，
那国王失落了阿尔哈玛，
竟迁怒于你，将你拘拿。
　　　呜呼，阿尔哈玛！

要把你首级牢牢挂定
在阿尔汗布拉最高石顶；
对你，这就是有效的天条，
让别人一见便心惊肉跳。

　　　　鸣呼，阿尔哈玛！

“勇武骑士和高贵男子！
请让我说出如下言辞：
要叫那摩尔国王知道，
我不亏负他半点分毫。
　　　　鸣呼，阿尔哈玛！

“阿尔哈玛却令我担忧，
我忧心忡忡，神魂不守；
那国王丧失的无非是疆土，
黎民的损失却不计其数。
　　　　鸣呼，阿尔哈玛！

“有多少慈父丢掉了儿女，
有多少妻孥丧亡了家主；
勇士送了命，富户破了财；
或毁掉声名，或失却所爱。
　　　　鸣呼，阿尔哈玛！

“我也断送了亲爱的女娃，
她是国境内最美的名花；

我甘愿付出千百块金币，
还嫌这赎金实在太便宜。”
　　　鸣呼，阿尔哈玛！

老人刚把这些话说出，
便在刀锋下身首异处；
人们遵旨，把首级送往
阿尔汗布拉高耸的城墙。
　　　鸣呼，阿尔哈玛！

男子和孩童都哀哭不止，
哭他们这般惨重的损失；
格拉纳达全城的妇女
也在城垣里泪下如雨。
　　　鸣呼，阿尔哈玛！

像丧服一般黝黑的夜幕
笼罩了处处墙垣、窗户；
国王像妇人一样哭喊——
他损失太多，他输得好惨
　　　鸣呼，阿尔哈玛！

路德派之歌[①]

　海外自由的儿郎
买到了自由——用鲜血；[②]
　我们，不自由便阵亡！
　除了我们的路德王，
把一切国王都消灭！

　等我们把布匹织出，
梭子换成了利剑，
　就要把这幅尸布
　掷向脚下的独夫，
用他的腥血来染遍！

① “路德派”，见《“编织机法案”编制者颂》题注。1816年10月，拜伦从瑞士移居意大利。不久，便与意大利秘密革命团体“烧炭党”有了联系。同时，他仍然密切关注英国国内的斗争。12月24日，他给托马斯·穆尔写信，询问英国织工们、捣毁机器的人们目前情况怎样，信中还附寄了这首《路德派之歌》——英国诗歌史上第一首直接号召工人起来同压迫者做斗争的诗篇。

② 指美国人民通过流血的武装斗争赢得了独立自由。

　他腥血和心一样黑，
血管腐烂如泥土；
　这血水却能当露水，
　滋润路德所栽培——
我们的自由之树！

1816年12月

给托马斯·穆尔[1]

我的小艇在岸边，
　我的帆船在海上；
启程前，两番举盏，
　祝汤姆·穆尔健康！[2]

爱我的，我报以叹息，
　恨我的，我置之一笑；
任什么天气和运气，
　这颗心全已准备好。

大海虽汹汹吼叫，
　也必得载我向前；
沙漠虽茫茫环绕，

① 托马斯·穆尔：1779—1852，著名的爱尔兰诗人，拜伦的密友。拜伦死后穆尔所写的拜伦传记，在文学史上具有重要价值。汤姆是托马斯的昵称。

② 这首诗的第一节是1816年4月25日作者即将离开英国时写的，据说刚写完这一节就被催着动了身。后面几节则是十五个月以后在意大利续写的。

　也有可觅的甘泉。

喘息着，我临近泉边，
　泉水还剩下一滴；
抢在我昏厥以前，
　喝下它，为了祝福你。

两样都用来祝福——
　那滴水、这盏酒浆：
祝你我安宁和睦，
　祝汤姆·穆尔健康！

1817年7月

我们不会再徘徊

我们不会再徘徊
在那迟迟的深夜，
尽管心儿照样爱，
月光也照样皎洁。

利剑把剑鞘磨穿，
灵魂也磨损胸臆；[1]
心儿太累，要稍喘，
爱情也需要歇息。

黑夜原是为了爱，
白昼转眼就回还，
但我们不再徘徊
沐着那月光一片。

1817年

① 以“剑”喻灵魂，以“鞘”喻躯体，是欧洲人常用的比喻。

自佛罗伦萨赴比萨途中所作[①]

不必讲历史上伟大的名字；
青春日子是辉煌的日子；
年纪二十二，桃金娘，常春藤，[②]
抵得过尊荣桂冠千万顶！

脸上起了皱，金冠又算啥？
像五月露水沾溉枯花！
从斑白头顶把它甩掉！
谁稀罕花环的那点荣耀？

名声呵！我对你若有兴趣，

① 拜伦1819—1821年在意大利拉文纳居留期间，曾积极参加烧炭党的革命活动。1821年，烧炭党发动的起义终归失败，党人被当地政府驱逐出境，拜伦不得不和他们一同离开拉文纳，经过佛罗伦萨前往比萨。（拉文纳、佛罗伦萨、比萨，是意大利东北部、中部、西部的重要城市。）《自佛罗伦萨赴比萨途中所作》一诗所表现的“爱情至上”“及时行乐”的主题，也许与革命斗争失败后颓丧失意的心情不无关系。

② 桃金娘和常春藤都是常绿植物，借以比喻青春。桃金娘又是爱神维纳斯的圣花，可以象征爱情。

并不是爱听你响亮的吹嘘；
是为了要看她明锐的目光——
她懂了：我并非配她不上！

为了她，我才找你，得到你；
你最美的光辉在她的眼底；
听我的事迹，她两眸炯炯：
这就是爱情！这才是光荣！

1821年11月

三十六岁生日[1]

这颗心既不再激动别个，
　　也不该为别个激动起来；
但是，尽管没有人爱我，
　　我还是要爱！

我的岁月似黄叶凋残，
　　爱情的香花甜果已落尽；
只有蛀虫、病毒和忧患
　　是我的命运！

烈焰在我的心胸烧灼，
　　犹如火山岛，孤寂，荒废；
在这儿点燃的并不是炬火——

① 这首诗是作者的绝笔，逝世前不到三个月在希腊迈索隆吉翁所作。悲壮激越，历来被认作拜伦的名篇。当时作者正在希腊独立军中，准备率领一支部队进攻勒庞托港，不幸受到意外干扰，这一进军计划没有实现，作者也突患重病，于1824年4月19日在迈索隆吉翁逝世。“出师未捷身先死，长使英雄泪满襟。”

　而是火葬堆！

希望，忧虑，嫉妒的烦恼，
　爱情的威力和痛苦里面
可贵的部分，我都得不到，
　只得到锁链！

荣光照耀着英雄灵榇，
　花环缠绕在勇士额旁
在此时此地，怎容许心魂
　被情思摇荡！①

看吧：刀剑、旌旗和战场，
　希腊和荣誉，就在我四周！
斯巴达男儿，卧在盾牌上，②
　怎及我自由！

醒来吧，我的心！希腊已醒来！

---

① 这一节的大意是：此时是希腊人民为自由独立艰苦斗争的时刻，此地是他们浴血奋战的战场，只有壮烈捐躯的英雄或克敌制胜的勇士（花环象征胜利）才享有荣誉；在此时此地，前文所述那些个人的“情思”都是不足齿数的。

② 古代斯巴达人崇尚勇武。儿子出征时，母亲交给他一面盾，叮嘱他：“把盾带回来，要不就躺在它上面回来。”意谓不战胜即战死。

醒来吧，我的心！去深思细察
你生命之血的来龙去脉，
把敌人狠打！[①]

赶快踏灭那重燃的情焰，
男子的习性不值分毫！
如今你再也不应眷念
美人的颦笑。

你悔恨等闲把青春度过，
那么，何必还苟活图存？
快奔赴战场——光荣的死所，
在那里献身！

去寻求（不寻求也常会碰上）
战士的坟墓，于你最相宜；
环顾四旁，选一方土壤，
去静静安息。

1824年1月22日，迈索隆吉翁

① 作者自命为古希腊文化传统的继承者，故愿认希腊为祖国，视希腊的敌人为敌人。

拜伦长诗

查良铮　刘让言　杜秉正　译

恰尔德·哈罗德游记（节选）

第二章 第二五～二六节

坐在山岩上，对着河水和沼泽冥想，
或者缓缓地寻觅树林荫庇的景色，
走进那从没有脚步踏过的地方
和人的领域以外的万物共同生活，
或者攀登绝路的、幽独奥秘的峰峦，
和那荒野中、无人圈养的禽兽一起，
独自倚在悬崖上，看瀑布的飞溅——
这不算孤独；这不过是和自然的美丽
展开会谈，这是打开她的富藏浏览。

然而，如果是在人群、喧嚣和杂沓中，
去听、去看、去感受，一心获取财富，
成了一个疲倦的游民，茫然随世浮沉，

没有人祝福我们，也没有谁可以祝福，[①]
到处是不可共患难的、荣华的奴仆！
人们尽在阿谀、追随、钻营和求告，
虽然在知觉上和我们也是同族，
如果我们死了，却不会稍敛一下笑：
这才是举目无亲；呵，这个，这才是孤独！

第二章　第七三～七七节

美丽的希腊！一度灿烂之凄凉的遗迹！
你消失了，然而不朽；倾圮了，然而伟大！
现在还有谁能唤起你败绩的儿女，
领导他们去打落那久已锢身的锁枷？
也曾有个时候，你的子孙并不萎靡，
他们，绝望的战士等待着意愿的宿命，
守望在德摩比利荒凉如墓穴的海峡里——
呵，还有谁能再燃起那勇敢的精神
从幼若塔斯河岸跃出，把你从墓中唤醒？[②]

① 没有人祝福我们，因为我们若是在忧患中，富贵的人会避开我们，若是我们荣华富贵，那些追随我们的人必然是因为我们的成功而追随，却不是出于对我们的情谊。他们不会祝福我们，我们也不会祝福他们。（E.H.柯勒律治注）

② 幼若塔斯河流贯斯巴达，斯巴达的三百勇士于德摩比利隘口抗击波斯入侵大军而壮烈牺牲。

呵，自由的精灵！想当年，在伐里的山巅，
当你和斯来赛布拉斯的队伍处在一起，[1]
你可曾预见如今，在你的爱梯克平原[2]，
一串阴郁的日子遮暗了绿野的美丽？
现在，并不是三十个暴君来禁锢锁链，
而是每个野汉都在你的土地上逞凶；
你的子孙并不反抗，只无益地抱怨，
并且在土耳其人的鞭子下颤抖、战惊，
他们从生到死都被奴役，不敢抗拒于言行。

除了外形，一切都有了怎样的改变！
只要看看那每只眼中还闪耀的火星，
谁不认为他们的胸中重又点燃
你不灭的光辉，呵，失踪的自由的精灵！
但许多人只梦想以待，白白失去良机，
而看着光复祖先河山的时刻临近，
他们一心痴望外来的援助而叹息，
但却不敢单独地抗拒敌人的逞凶，
或者从奴隶的悲惨史册上撕去自己的污名。

---

① 伐里是雅典外围的险要之地。公元前5世纪，雅典将军斯来赛布拉斯由此进军，推翻了统治希腊的三十暴君，恢复了共和政体。

② 爱梯克平原：即雅典平原。

世世代代被奴役的人们！你们可明白：
谁要想获得自由，必须自己起来斗争？
谁要想取得胜利，必须把右拳伸出来？
高卢[1]或者莫斯科能救你们吗？不能！
固然，他们会把欺凌你们的强盗打下去，
可不是为了你们，自由的神坛升起火光。
西罗特[2]的亡魂呵！快击败你们的强敌！
　　唉，希腊！你只更换了主人，却未改变情况，
你光辉的一日闪过，耻辱的年代仍旧漫长。

这一个城市[3]从加吾尔转手到真主，
加吾尔会再从奥托曼族的治下争夺；
那苏丹的警卫森严的楼阁再也拦不住
暴躁的西方人，还会迎接它以前的来客；
或者那作乱的瓦哈比族[4]，既然一度胆敢
从穆罕默德墓前把战利的圣物劫去，
也许从西方沿着一条血路迂回进犯；

① 高卢：法国古称。

② 西罗特：给斯巴达充当奴隶的一族。这里比拟希腊。

③ 这一个城市：指君士坦丁堡。十字军东征时，它常常在敌对的双方（一方是加吾尔即基督徒，另一方是伊斯兰教的土耳其）之间易手。

④ 瓦哈比族：约1760年崛起于阿拉伯中部，在拜伦旅居东方时，声势浩大，攻入麦加等地，直接威胁到土耳其帝国（奥托曼帝国）的存在。

呵，唯有自由的脚步来不到这命定的土地，
在无尽苦役的岁月中，只见奴隶一代代承继。

第三章　第一三～一五节

在高山耸立的地方必有他的知音，
在海涛滚滚的地方，那就是他的家乡，
只要有蔚蓝的天空和明媚的风暴，
他就喜欢，他就有精力在那地方游荡；
沙漠，树林，幽深的岩洞，浪花的雾，
对于他都含蕴一种情谊；它们讲着
和他互通的言语，那比他本土的著述
还更平易明白，他就常常抛开卷册
而去打开为阳光映照在湖上的自然的书。

有如一个迦勒底人，他能观望着星象，
直到他看到那上面聚居着像星星
一样灿烂的生命；他会完全遗忘
人类的弱点，世俗，和世俗的纷争：
呵，假如他的精神能永远那么飞升，
他会快乐；但这肉体的泥坯会扑灭
它不朽的火花，嫉妒它所升抵的光明，

仿佛竟要割断这唯一的环节：
是它把我们联到那向我们招手的天庭。

然而在人居的地方，他却成了不宁
而憔悴的怪物，他怠倦，没有言笑，
他沮丧得像一只割断翅膀的野鹰，
只有在漫无涯际的太空才能逍遥；
以后他又会一阵发狂，抑不住感情，
有如被关闭的小鸟要急躁地冲击，
嘴和胸脯不断去撞击那铁丝的牢笼，
终于全身羽毛都染满血，同样地，
他那被阻的灵魂的情热噬咬着他的心胸。

第三章　第一一三～一一四节

我没有爱过这世界，它对我也一样；
我没有阿谀过它腐臭的呼吸，也不曾
忍从地屈膝，膜拜它的各种偶像；
我没有在脸上堆着笑，更没有高声
叫嚷着，崇拜一种回音；纷纭的世人
不能把我看作他们一伙；我站在人群中
却不属于他们；也没有把头脑放进

那并非而又算作他们的思想的尸衣中，
一齐列队行进，因此才被压抑而致温顺。

我没有爱过这世界，它对我也一样——
但是，尽管彼此敌视，让我们方方便便
分手吧；虽然我自己不曾看到，在这世上
我相信或许有不骗人的希望，真实的语言，
也许还有些美德，它们的确怀有仁心，
并不给失败的人安排陷阱；我还这样想：
当人们伤心的时候，有些人真的在伤心，
有那么一两个，几乎就是所表现的那样——
我还认为：善不只是空话，幸福并不只是梦想。

第四章　第七八～八二节

哦，罗马！我的祖国！人的灵魂的都城！
凡是心灵的孤儿必然要来投奔你，
你逝去的帝国的凄凉的母亲！于是能
在他狭窄的胸中按下渺小的忧郁。
我们的悲伤和痛苦算得了什么？来吧，
看看这柏树，听听这枭鸣，独自徘徊
在残破的王座和宫宇的阶梯上，呵呀！

你们的烦恼不过是瞬息的悲哀——
脆弱如人的泥坯，一个世界已在你脚下掩埋。

万邦的尼俄伯[①]！哦，她站在废墟中，
失掉了王冠，没有儿女，默默地悲伤；
她干瘪的手拿着一只空的尸灰甑，
那神圣的灰尘早已随着风儿飘扬；
西庇阿[②]的墓穴里现在还留下什么？
还有那许多屹立的石基，也已没有
英雄们在里面居住：呵，古老的台伯河！
你可要在大理石的荒原中奔流？
扬起你黄色的波涛吧，覆盖起她的哀愁。

哥特人，基督徒，时间，战争，洪水和火，
都摧残过这七峰拱卫的城的骄容；
她眼看着她的荣光一星星地隐没，
眼看着野蛮人的君主骑马走上山峰，
而那儿战车曾驰向神殿；庙宇和楼阁

---

① 据希腊神话，尼俄伯有六子六女，因此自傲而惹怒日神阿波罗和月神阿耳忒弥斯之母拉托娜。日神射杀了尼俄伯的六子，月神射杀了她的六女。尼俄伯被变为岩石；但从岩石滴落的水表示她仍在为儿女悲恸。这里将罗马比作尼俄伯。

② 西庇阿：罗马的英雄，在公元前202年击败罗马的强大敌人汉尼拔。

到处倾圮了，没有一处能够幸存；
莽莽的荒墟呵！谁来凭吊这空廓——
把一线月光投上这悠久的遗痕，
说“这儿曾是——”使黑夜显得加倍的深沉？

呵，这加倍的夜，世纪和她的沉没，
以及“愚昧”，夜的女儿，一处又一处
围绕着我们；我们寻胜只不断弄错；
海洋有它的航线，星斗有天文图，
“知识”把这一切都摊在她的胸怀；
但罗马却像一片荒漠，我们跌跌绊绊
在芜杂的记忆上行进；有时拍一拍
我们的手，欢呼道：“有了！”但很明显，
那只是海市蜃楼在近处的废墟呈现。

去了，去了！崇高的城！而今你安在？
还有那三百次的胜利！还有那一天
布鲁图[1]以他的匕首的锋利明快
比征服者的剑更使名声远远流传！
去了，塔利的声音，维吉尔的诗歌

① 布鲁图：约前85—前42，古罗马政治家。内战期间追随庞贝反对恺撒。公元前44年，与卡西乌等刺死独裁者恺撒，以图拯救罗马的共和政体。

和李维的史图册！但这些将永远
使罗马复活，此外一切都已凋落。
唉，悲乎大地！因为我们再也看不见
当罗马自由之时她的目光的灿烂！

（查良铮　译）

阿比杜斯的新娘（节选）

第一章　第一节

你可知道有一个地方，柏树和桃金娘
是那片土地上所做的事迹的象征？
在那儿，兀鹰的躁怒和海鳖的爱情
一会儿化为悲哀，一会儿促成暴行！
你可知道那生长杉木和藤蔓的地方，
那儿的花朵永远盛开，太阳永远闪亮；
西风的轻盈的翅膀为沉香所压低，
在玫瑰盛开的园中逐渐沉落、偃息；
在那儿，香橼和橄榄是最美的水果，
夜莺终年歌唱，她的歌喉从不沉默；
那儿的土地和天空尽管颜色不同，
但各有各的美丽，它们相互争胜，
而海洋的紫色却那么深，那么浓；

少女有如她们摘下的玫瑰一样温柔，
一切充满了神异，只有人的心如旧。
呵，那是东方，那是太阳居住的地方——
他能否对他子女的行为微笑、赞赏？
呵，有如情人告别的声调一样炽热，
那是他们的心，和他们所要讲的故事。

（查良铮　译）

海盗（节选）

第一章　第一节

在暗蓝色的海上，海水在欢快地泼溅，
我们的心是自由的，我们的思想不受限，
迢遥的，尽风能吹到、海波起沫的地方，
量一量我们的版图，看一看我们的家乡！
这全是我们的帝国，它的权力到处通行——
我们的旗帜就是王笏，谁碰到都得服从。
我们过着粗犷的生涯，在风暴动荡里
从劳作到休息，什么样的日子都有乐趣。
噢，谁能体会出？可不是你，娇养的奴仆！
你的灵魂对着起伏的波浪就会叫苦；
更不是你安乐和荒淫的虚荣的主人！
睡眠不能抚慰你——欢乐也不使你开心。
谁知道那乐趣，除非他的心受过折磨，

而又在广阔的海洋上骄矜地舞蹈过？
那狂喜的感觉——那脉搏畅快的欢跳，
可不只有“无路之路”的游荡者才能知道？
是这个使我们去追寻那迎头的斗争，
是这个把别人看作危险的变为欢情；
凡是懦夫躲避的，我们反而热烈地寻找，
那使衰弱的人晕厥的，我们反而感到——
感到在我们鼓胀的胸中最深的地方
它的希望在苏醒，它的精灵在翱翔。
我们不怕死——假如敌人和我们死在一堆，
只不过，死似乎比安歇更为乏味：
来吧，随它高兴——我们攫取了生中之生——
如果死了——谁管它由于刀剑还是疾病？
让那种爬行的人不断跟“衰老”缠绵，
粘在自己的卧榻上，苦度着一年又一年；
让他摇着麻痹的头，喘着艰难的呼吸，
我们呀，不要病床，宁可是清新的草地。
当他在一喘一喘地跌出他的灵魂，
我们的只痛一下，一下子跳出肉身。
让他的尸首去夸耀它的陋穴和骨灰瓮，
那憎恨他一生的人会给他的墓镶金；
我们的却伴着眼泪，不多，但有真情。

当海波覆盖和收殓我们的死人。
对于我们，甚至宴会也带来深心的痛惜，
在红色的酒杯中旋起我们的记忆；
呵，在危险的日子那简短的墓志铭，
当胜利的伙伴们终于把财物平分，
谁不落泪，当回忆暗淡了每人的前额：
现在，那倒下的勇士该会怎样地欢乐！

（查良铮　译）

唐璜（节选）

第一章 第二一三～二二〇节

但如今，年方三十我就白了发，
　　（谁知道四十岁左右又该如何？
前几天我还想到要戴上假发——）
　　我的心苍老得更快些；简短说，
我在五月就挥霍了我的夏季，
　　现在已打不起精神与人反驳；
我的生命连本带利都已用完，
哪儿还有那种所向披靡之感？

唉，完了，完了，——我心中再也没有
　　那清新的朝气，像早晨的露珠，
它能使我们从一切可爱的情景
　　酝酿出种种新鲜而优美的情愫，

好似蜜蜂酿出蜜，藏在心房中；
　　但你可认为那甘蜜越来越丰富？
不，它原来不是外来的，而是凭你
有没有给花儿倍增妩媚的能力。

唉，完了，完了——我的心灵呵，
　　你不再是我的一切，我的宇宙！
过去气概万千，而今搁置一边，
　　你已不再是我的祸福的根由；
那幻觉已永远消失：你麻木了，
　　但这也不坏，因为在你冷却后，
我却获得了许多真知灼见，
虽然天知道它来得多么辛酸。

我谈情的日子完了。无论多迷人：
　　少女也好，夫人也好，更别提寡妇，
已不能像昔日似的令我痴迷——
　　总之，我过去的生命已不能重复。
对心灵的契合我不再有所幻想，
　　红葡萄酒的豪饮也受到了劝阻；
但为了老好先生总得有点癖好，
我想我最好是走上贪财之道。

“雄图”一度是我的偶像，但它已在
　　“忧伤”和“欢娱”的神坛之前破碎；
这两个神祇给我遗下不少表记，
　　足够我空闲的时候沉思默对；
而今，像培根[①]的铜头，我已说完：
　　“现在，过去，时已不再”；青春诚可贵，
但我宝贵的青春已及时用尽：
心灵耗在爱情上，脑子用于押韵。

声名究竟算得了什么？那不过是
　　保不定在哪儿占有一小角篇幅，
有的人把它比作登一座山峰，
　　它的顶端同样是弥漫着云雾；
就为了这，人们又说，又写，又宣讲，
　　英雄豪杰厮杀，诗人“秉着夜烛”，
好等本人化为灰时，可以夸得上
一个名字，一幅劣照，和更糟的雕像。

人的希望又是什么？古埃及王

① 培根：罗杰·培根（1214—1204），英国哲学家，也精通自然科学，被时人认为是魔法师。传说他制造了一个能说话的铜头，有一夜，在它说过“现在”“过去”“时已不再”三句话后，即自行粉碎。

　　基奥普斯[①]造了第一座金字塔，
为了他的威名和他的木乃伊
　　永垂不朽，这塔造得最为高大，
可是他没有料到，他的墓被盗，
　　棺材里连一点灰都没有留下。
唉，由此可见，无论是你，是我，
何必还要立丰碑把希望寄托？

然而，由于我一向爱穷究哲理，
　　我常自慰说："呜呼，生如白驹过隙，
此身乃是草芥，任死神随意收割；
　　你的青春总算过得差强人意，
即使照你的心愿能再活一遍，
　　它仍将流逝——所以，先生，该感激
你的星宿，一切情况总算不太坏：
读你的《圣经》吧，照顾好你的钱袋。"

① 基奥普斯：约公元前2900年的埃及国王，他造了最大的金字塔。据希腊史家希罗多塔斯记载：他使用三十六万民工，用了二十年时间，用六百万吨石头筑起一座金字塔以储藏其尸体，并设以曲折而诡秘的小径，从外观上完全看不出入口处，但尽管如此，后来有人"进入这幽暗的墓穴时，无论在石棺或地道内，都未见有基奥普斯的一根骨头。"（1818年4月《季刊》载）

第三章　第一节

希腊群岛呵，美丽的希腊群岛！
　　火热的莎弗①在这里唱过恋歌；
在这里，战争与和平的艺术并兴，
　　狄洛斯②崛起，阿波罗跃出海波！
永恒的夏天还把海岛镀成金，
可是除了太阳，一切已经消沉。

第三章　第二节

开奥的缪斯③，蒂奥的缪斯④，
　　那英雄的竖琴，恋人的琵琶，
原在你的岸上博得了声誉，
　　而今在这发源地反倒喑哑；
呵，那歌声已远远向西流传，

① 莎弗：公元前7世纪的希腊女诗人。她歌唱爱情的诗以热烈的感情著称。

② 狄洛斯：爱琴海中的一个小岛，有一群小岛环绕其周围。据希腊神话，它是由海神自海中唤出的，由于漂浮不定，宙斯以铁链钉之于海底。传说掌管诗歌与音乐的太阳神阿波罗诞生于此。

③ 据传说，开奥为荷马的诞生地，开奥的缪斯指荷马。“英雄的竖琴”指《荷马史诗》，因其中歌颂了战争和英雄。

④ 蒂奥的缪斯指公元前6世纪的爱奥尼亚诗人阿那克瑞翁。蒂奥（在小亚细亚）是他的诞生地。“恋人的琵琶”指他的以爱情与美酒为主题的抒情诗。

远超过你祖先的“海岛乐园”。

第三章　第三节

起伏的山峦望着马拉松[1]——
　　马拉松望着茫茫的海波；
我独自在那里冥想一刻钟，
　　梦想希腊仍旧自由而快乐；
因为，当我在波斯墓上站立，
我不能想象自己是个奴隶。

第三章　第四节

一个国王高高坐在石山顶，
　　瞭望着萨拉密[2]挺立于海外；
千万只船舶在山下靠停，
　　还有多少队伍全由他统率！
他在天亮时把他们数了数，

① 马拉松：雅典东部平原。公元前490年，希腊在此击败波斯国王大流士的入侵大军。

② 萨拉密：希腊半岛附近的岛屿。公元前480年，波斯国王瑟克西斯（前519？—前465）的强大海军在此处被希腊击败，从此希腊解除了波斯的压迫。当时，瑟克西斯坐在山上俯视这场海战。

但日落的时候他们都在何处？

第三章　第五节

呵，他们而今安在？还有你呢，
　　我的祖国？在无声的土地上，
英雄的颂歌如今已沉寂——
　　那英雄的心也不再激荡！
难道你一向庄严的竖琴
竟至沦落到我的手里弹弄？

第三章　第六节

也好，置身在奴隶民族里，①
　　尽管荣誉都已在沦丧中，
至少，一个爱国志士的忧思，
　　还使我在作歌时感到脸红；
因为，诗人在这儿有什么能为？
为希腊人含羞，对希腊国落泪。

① 希腊在1453年至1829年期间，沦为土耳其的属地。拜伦为争取希腊的民族独立而最终献身于这一事业。他捐献家产组成一支希腊军队，并亲赴希腊参战，1824年因患热病死于迈索隆吉（在希腊西部）军中。

第三章　第七节

我们难道只对好时光悲哭
　　和惭愧？——我们的祖先却流血。
大地呵！把斯巴达人的遗骨
　　从你的怀抱里送回来一些！
哪怕给我们三百勇士的三个，
让德摩比利的决死战复活！

第三章　第八节

怎么，还是无声？一切都喑哑？
　　不是的！你听那古代的英魂
正像远方的瀑布一样喧哗，
　　他们回答："只要有一个活人
登高一呼，我们就来，就来！"
噫！倒只是活人不理不睬。

第三章　第九节

算了，算了；试试别的调门：

　　斟满一杯萨摩斯[①]的美酒！
把战争留给土耳其野人，
　　让开奥的葡萄的血汁倾流！
听呵，每一个酒鬼多么踊跃
响应这一个不荣誉的号召！

第三章　第一〇节

你们还保有庇瑞克的舞艺[②]
　　但庇瑞克的方阵[③]哪里去了？
这是两课：为什么只记其一，
　　而把高尚而刚强的一课忘掉？
凯德谟斯[④]给你们造了字体——难
道他是为了传授给奴隶？

---

① 萨摩斯：希腊一岛，靠近土耳其。

② 庇瑞克舞：古希腊流传下来的战舞。

③ 庇瑞克方阵：古希腊的战斗序列。由于伊庇鲁斯（希腊一古国）王皮洛士（前319—前272）而得名。皮洛士以战功著称，曾屡次远征罗马及西西里。

④ 凯德谟斯：神话中的希腊底比斯国王，原为腓尼基王子。据说他从腓尼基带给希腊十六个字母。

第三章 第一一节

把萨摩斯的美酒斟满一盅！
　　让我们且抛开这样的话题！
这美酒曾使阿那克瑞翁
　　发为神圣的歌；是的，他屈于
波里克端底斯[①]，一个暴君，
但这暴君至少是我们国人。

第三章 第一二节

克索尼萨斯[②]的一个暴君
　　是自由的最忠勇的朋友：
暴君米太亚得[③]留名至今！
　　呵，但愿现在我们能够有
一个暴君和他一样精明，
他会团结我们不受人欺凌！

---

① 波里克瑞底斯：公元前6世纪的萨摩斯暴君，以劫掠著称。他曾与波斯对抗。阿那克瑞翁于公元前510年波斯占领蒂奥时，曾移居于萨摩斯，在波里克瑞底斯的统治下生活。

② 克索尼萨斯：地名，在达达尼尔海峡北边。

③ 米太亚得：前550—前489，古雅典统帅。公元前490年指挥马拉松战役，大败波斯侵略军。以后成为克索尼萨斯的暴君。

第三章　第一三节

把萨摩斯的美酒斟满一盅！
　　在苏里的山岩，巴加[1]的岸上，
住着一族人的勇敢的子孙，
　　不愧是斯巴达的母亲所养；
在那里，也许种子已经播散，
是赫剌克勒斯[2]血统的真传。

第三章　第一四节

自由的事业别依靠西方人，[3]
　　他们有一个做买卖的国王；
本土的利剑，本土的士兵，

---

① 苏里和巴加：都在古希腊地区伊庇鲁斯（今希腊西北部和阿尔巴尼亚南部）内。苏里山中居住有苏里族，自17世纪至19世纪一直与土耳其统治者做着顽强的斗争。

② 赫剌克勒斯：希腊神话中的大力神，传说他是希腊对特洛伊战争中的英雄。

③ 希腊人在武装反抗土耳其压迫时，英国、法国和俄国由于自身利益曾予以口头支持。当时曾有人对起义者提出警告："我劝你们在听从英国人以前要好好考虑一下，现在英国国王是欧洲所有国王的大老板——他从他的商人那里拿钱来支付他们；因此，如果对商人来说，出卖你们而取得和阿里（指土耳其王——译者）的妥协是有利的，以便在他的港口获得某些商业权益，那么英国人就会把你们出卖给阿里。"拜伦此处也可能指俄国人，他的《青铜时代》有如下两句：

能解放希腊的只有希腊人，而非戴着和平面具的野蛮人。

　　是冲锋陷阵的唯一希望；
但土耳其武力，拉丁[①]的欺骗，
会里应外合把你们的盾打穿。

第三章　第一五节

把萨摩斯的美酒斟满一盅！
　　树荫下正舞蹈着我们的姑娘——
我看见她们的黑眼亮晶晶，
　　但是，望着每个鲜艳的姑娘，
我的眼就为火热的泪所迷，
这乳房难道也要哺育奴隶？

第三章　第一六节

让我攀登苏尼阿[②]的悬崖，
　　在那里，将只有我和那海浪
可以听见彼此飘送着悄悄话，
　　让我像天鹅一样歌尽而亡；
我不要奴隶的国度属于我——

① 拉丁：指西欧。
② 苏尼阿：在雅典东南阿的卡半岛最南端，上面建有保护神雅典娜神庙。

干脆把那萨摩斯酒杯打破！

第十一章　第三五～四一节

唐璜把俄国政府的每一件国书
　　都交到适当的衙门，适当的官员，
他也被那些以气势治人的人
　　用正确的装腔作势接待了一番；
他们看到他是个光脸的小伙子，
　　就认为（在政务上应该这么盘算）
对付这个小雏儿可是易如反掌，
那就像老鹰去捉捕歌鸟一样。

他们却错了：老年人往往如此；
　　但这以后再提。假如我们不提，
那就是因为我们对于政客们
　　以及他们的口是心非表示鄙夷。
他们凭撒谎吃饭，但又扭扭捏捏，
　　远不如女人可爱：女人已习于
不得不撒谎，却诳骗得很出色，
倒使真实话显得令人信不过。

话又说回来，什么是谎言？那只是
　　真理在化装跳舞。我要质问一声：
史家、英雄、伟人、律师和教士们，
　　谁能拿出事实而不用谎言弥缝？
真正的真理哪怕露一露影子，
　　什么编年史、启示录、预言等等，
就都得哑口无言；除非那记载
是在事实发生前些年就写出来。

哦，谎言万岁！一切说谎的人万岁！
　　现在，谁再说我的缪斯愤世嫉俗？
她高唱这世界的赞诗，而为那些
　　不肯追随她歌唱的人感到耻辱。
慨叹没有用；让我们像别人那样
　　鞠躬吧，恭吻着圣上的手和足
或任何部分；爱尔兰就是好典范：[①]
虽然，她的国花好像有点凋残。

唐璜在社交界露了面，论衣冠、
　　论举止，无一不令人赞不绝口，

① 1821年8月英王乔治四世访问爱尔兰时，受到爱尔兰贵族的趋奉和阿谀，虽然爱尔兰人民是在民族压迫的水深火热中。

我不知道哪方面更受到注目；
　　一颗特大的钻石使人谈论不休：
据人们传言，那是喀萨琳女皇
　　在一阵迷醉之际（爱情和美酒
都有发酵作用）给他的礼物；
老实说，他可绝不是无功受禄。

论职责，除了国务大臣和秘书
　　必须对外国使臣们彬彬有礼，
直到他们那举棋不定的国君
　　终于定局，摆出了皇家的谜底；
可叹一切官员，连小役吏在内——
　　那出自衙门的污泥，又充斥于
“腐败”的浊流！——对人都不够凶恶，
以致难于食俸禄而无愧于色。

无论文职或武职，平时或战时，
　　他们所以受雇佣，无疑是为了
凌辱人的，这就是他们的工作；
　　如若不信，可问那请求过护照
或其他限制自由的证件的人，
　　（这是一种灾难，也够令人苦恼，）

是否在那些被赋税养肥的人中
看到了最凶恶无礼的——狗杂种？

第十一章　第五二～五六，六一～六三节

唐璜懂得几国语言，——这当然是
　　意中事，——又搬用得及时而巧妙，
这挽救了他在才女心中的声誉，
　　她们只惋惜他不近吟咏之道。
若是再有这一项，那他的成就，
　　对她们来说，才真是无比高超。
曼尼式小姐和扶利斯基太太
特别希望被西班牙诗歌唱出来。

不过，他应付得很不错，每一类
　　社交的核心都把他看作候补，
而且，像班柯镜中闪现的那样，[1]
　　无论在大小宴会上他都有福
见到一万个当代作家掠过身，

① 《麦克白》第四幕第一场中，女巫们让苏格兰王麦克白看见幻象，预告班柯的子孙将为国王。麦克白说："他拿着一面镜子，我可以从镜子里看见许许多多戴王冠的人。"

　　这也就等于各时代的平均数；
还有八十“现存最伟大的诗人”，
因为每本无聊杂志都有几名。

呜呼！那所谓“现存最伟大的诗人”
　　不过两个五年，就要像拳击大王，
必须显显身手，以示其名不虚传，
　　虽说他们的名气只是闭门想象。
连我，虽然我并不知道，也雅不愿
　　在群丑之中做一个跳梁的皇上，——
连我，在很长一段时期内，都被人
尊称为诗国中的伟大的拿破仑。

但《唐璜》就是我的莫斯科战役，[①]
　　《法列罗》和《该隐》成了我的莱比锡

和圣让山；而那美妙的蠢材同盟，[②]

① 这一节拜伦把自己比作走向败亡的拿破仑。1812年的莫斯科一役，使拿破仑一蹶不振，1813年在莱比锡又被联军挫败，而圣让山之役则是拿破仑投降前的最后一次战斗，此后他即被囚于厄尔巴荒岛上。拜伦的诗剧《法列罗》不像他的早期作品那样畅销。他的诗剧《该隐》由于歌颂对上帝的反抗，受到保守派猛烈攻击。

② 蠢材同盟：戏比“神圣同盟”（在拿破仑失败后由俄、普、奥三国发起的反动联盟）。

　　既然“大师”力已倒，又可以东山再起；
但我虽倒，也要倒得像我的英雄，
　　要就有生杀大权，真正为王治理，
要就去到一个荒岛去当俘囚，
宁可让叛徒骚塞做我的看守。

企图称霸诗坛的死者和活人
　　名单倒很长，但谁也没有赢得
他所求的，——甚至不能明确知道
　　谁将会胜利。而时光悄悄溜过，
连脑子或枯肠都已蔓生野草，
　　至于称霸的机会呢，还是不多！
他们熙熙攘攘，真像那三十帝王，①
把罗马的一段历史弄得很肮脏。

这是文学界的后期罗马帝国，
　　它的事务都由近卫军来掌握；
呵，可怕的行业！你要是想高攀，
　　就必须不断敷衍士兵的邪火，
像敷衍吸血鬼似的；但若一旦

① 三十帝王：指后期罗马帝国在3世纪中叶的内乱时期，当时军事政变频繁，各地军人自立统治者，形成所谓“三十僭主”的局面。

　　我愿回到国内，而且乐于刻薄，
我要和那些蛮子兵较量一番，
教他们见识一场真正的笔战。

我想我有一两手论辩的花招，
　　足教他们吃不消；不过，又何必
和这些小螺丝钉们斤斤计较？
　　确实，我也没有那么大的火气，
何况我的本性不会厉声厉色，
　　我的缪斯哪怕是骂得最严厉
也是带着微笑的，接着她还会
请一个安退下来，谁也不得罪。

第十二章　第三～一〇节

呵，黄金！为什么说守财奴可怜？
　　唯有他们的乐趣才从不变味；
黄金辖制一切，像铁锚和缆索
　　把其他大小的乐趣都锁在一堆。
你们也许只看到一个节俭人的
　　粗茶淡饭，就暗笑他这个吝啬鬼
何以竟爱财如命；但你们可不懂

一点点干酪渣能生出多美的梦。

爱情令人伤神，酒色更伤身体，
　　野心剑拔弩张，赌博倾家荡产；
但积财呢，起初慢些，以后加快，
　　每一次受苦都给添上一点点
（只要耐心等它），它可是远胜过
　　爱情、美酒、筹码，或要人的空谈。
黄金哪！我还是爱你而不爱纸币，
那一叠银行票子真像一团雾气。

是谁掌握世界的枢纽？谁左右
　　议会，不管它倾向自由或保皇？
是谁把西班牙赤背的爱国者[①]
　　逼得作乱？使旧欧洲的杂志报章
一致怪叫起来？是谁使新旧世界
　　或喜或悲的？谁使政治打着油腔？
是拿破仑的英灵吗？不，这该问
犹太人罗斯察尔德，基督徒贝林[②]！

① 西班牙赤背的爱国者：指1820至1823年间西班牙的革命者。
② 罗斯察尔德、贝林都是著名银行家，他们掌有政治和经济势力。

这些人和那真正慷慨的拉菲特[①]
　　才是欧洲真正的主人。每笔贷款
不仅是一宗投机生意，而且足能
　　安邦定国，或者把王位踢翻。
连共和国都难逃：哥伦比亚股票
　　已有些卖给交易所的大老板。
连你的银质的泥土呵，秘鲁！[②]
都难免受犹太人的折扣之苦。

为什么说守财奴可怜？我还要
　　问问这句话：不错，他过得简朴，
但圣徒和犬儒学派[③]也这么过，
　　却得到赞誉；凡苦行的基督徒
也都以同样的原因被列入圣册；
　　那为什么偏责备富人的刻苦？
也许您会说：这对他太不必要，
我看他的克己倒更值得称道。

---

① 拉菲特：杰克·拉菲特（1767—1844），法国银行行长；当巴黎人被迫向联军捐款时，他代他们预先支付了这笔款项。

② 秘鲁富于银矿，为外国资本所掌握。

③ 犬儒学派：古希腊小苏格拉底派之一，主张人们克己自制，独善其身而无所求，认为这就是美德。这种主张后来被称为犬儒主义。

呵，他才是你们的真正的诗人！
　　热情，纯真，眼中闪着灵感的火，
他掂着一堆堆黄金；请想想吧，
　　仅是黄金梦就曾引诱多少国
远涉重洋！就从那幽黑的矿井，
　　金锭对他闪着光，钻石发着火，
还有翡翠的柔光给眼睛安慰，
以免守财奴看宝石看得太累。

大洋的两岸全是他的；从锡兰、
　　印度或遥远的中国开来的船，
无一不为他卸下馨香的产品；
　　他的葡萄园像朝霞一般红艳；
他的谷子车把道路压得呻吟；
　　他的地窖可以做国王的宫殿；
但他呢，对感官之欲一概鄙弃，
只克勤克俭——做理智的上帝。

也许他心里自有伟大的计划，
　　设医院啦，盖教堂啦，或创办学府，
以便死后在一座大楼的檐下
　　把他的尖削的脸子高高雕出。

也许他想要解放人类，就用那
　　把人类业已降为牲畜的矿物；
也许他想做全国最大的富翁，
或者狂喜于自己谋算的成功。

第十三章　第七九～八九节

府邸中贵宾云集，先提女性吧：
　　首先是公爵夫人费兹甫尔克，
怪别扭伯爵夫人，包打听夫人，
　　糊涂夫人，风头健小姐，爱饶舌
小姐，羽纱小姐，麦克·紧身小姐，
　　和犹太夫人，阔银行家的老婆；
此外还有可敬的睡不醒太太，
她看来像白羊，却比黑羊还坏；[1]

还有许多伯爵夫人，说不出名堂，
　　但有地位，是社会的精华和渣滓；
她们像滤过的水，纯洁而虔敬，
　　个个出类拔萃于芸芸众生之外；

① 在英国，一家或一群人中的败类被称为“黑羊”。

或者像印成钞票的纸，别管那是
　　怎样印的吧，这张通行证就掩盖
其人及其事迹；因为社交场上
虽然敬畏神明，却也宽宏大量。

那就是说，宽大到一定的限度，
　　这限度在哪儿，却最难以标点。
体面是上流社会运转的轴承，
　　谁对谁都应该稍留一些情面。
若是对美狄亚[1]说：“滚开吧，女巫！”[2]
　　未免失礼，那叫伊阿宋多么难堪！

① 美狄亚：据希腊神话，她是柯尔其斯国的公主和女巫，当伊阿宋率阿葛大船去寻金羊毛路过柯尔其斯国时，美狄亚爱上了他，帮助他取得金羊毛，并克服了她父亲所设的种种障碍，撕碎了她的兄弟，而和伊阿宋登船同返希腊。途经科林斯时，伊阿宋爱上该国公主而抛弃了美狄亚。美狄亚为了报复，不但杀死情敌，也杀死了她和伊阿宋所生的两个孩子，然后乘火龙驾驶的车逃走。关于她的故事，见奥维德的《变形记》。

② “滚开吧，女巫！”引自莎士比亚《麦克白》第二幕第三场。

贺拉斯和帕尔其[1]都这么认为：
又讨人喜欢，又有利，何乐而不为？

我不能确切指出他们的准则，
　　那是非标准多少有些像抓彩；
我曾见到一个德行好的女人，
　　只因为被合谋排挤就坍了台；
又有一位某某太太智勇双全，
　　略施小计就把地位争了回来，
于是又成了高悬天界的天狼星，
带着无损的讪笑跳出了陷阱。

我看见的真难以尽述，——但还是
　　谈谈我们享田园之乐的那些人。
被邀的宾客大约有三十三位
　　最高级人物——一代风流的婆罗门。
我前面提到的都不是头号人物，
　　只不过俯拾了几位凑凑脚韵。
夹在其中的，好像两三点斑污，
还有几位爱尔兰的离乡地主。

① 帕尔其：露意基·帕尔其（1432—1484），意大利诗人，著有诙谐的骑士故事诗《莫干特》，拜伦曾译其一部分。

有位巴乐尔[1]，那法学界的干将，
　　他只在议院和法庭才大打出手，
的确，要是被邀请到别的地方，
　　他的兴趣倒在于议论而非战斗。
还有年轻的榨韵诗人，刚刚问世，
　　也要作为明星在文坛照耀六周；
还有庇罗勋爵，自由思想的权威，
和约翰·海碗爵士，伟大的酒鬼。

还有蛮横公爵，他是一个——公爵，
　　呵，每一寸都是；还有一打贵族
个个像是查理曼大帝[2]所封的，
　　论才智和相貌，绝不会被耳目
把他们误认为属于平民一流；
　　还有厚颜六姊妹，呵，六颗明珠！
整个是歌魂和感情，那忧郁的心
不在于修道院，而是向往结婚。

---

① 巴乐尔：莎士比亚戏剧《皆大欢喜》中一个生性胆小而又爱吹牛的人物。

② 查理曼大帝：742—814，法兰克王国加洛林王朝国王（768—814），公元800年由罗马教皇加冕称帝，号为“罗马人的皇帝”，法兰克王国遂成为查理曼帝国。

有四位可敬的先生，他们的可敬

　　大多在头衔以内[①]，而不在那以外；

有一位勇敢的骑士，智多星男爵[②]，

　　最近被法国和命运飘到这儿来，

他的无害的天才主要是娱人，

　　但俱乐部却发现“笑”也很有害，

因为他逗人的魔力实在太大，

连骰子好像也迷上他的俏皮话。

有一位狄克·多疑，是个玄学家，

　　喜欢哲学，和一餐丰盛的酒肉；

还有三角先生，自命数学大师，

　　和亨利·银杯爵士，赛马的能手。

有一位大言不惭的教理严神父，

　　他不恨罪恶，只是罪人的对头；

有一位姓普兰塔金内特的贵族，

真是无一不精，更善于和人打赌。

---

① 在头衔以内，英国议员、伯爵以下的贵族子弟等称“可敬的某某”，因此“可敬”成为他们的头衔。

② 智多星男爵：可能指法国人蒙通男爵（1768—1848），他是社交明星，谈吐机智，善于赌博，因躲避拿破仑而逃亡到英国两年（1812—1814）。

有一位杰克·粗话，近卫军的巨人，
　　和火面将军[1]，战场上功名赫赫，
战术和击剑都精，北美战争中
　　他杀的美国佬不及他吃的多。
有一位恶作剧的法官铁心人，
　　十分会应付他的严肃的职责：
当一个罪人来听候他给判罪，
倒能有法官的玩笑作为安慰。

上流社会好似棋盘，上面也有
　　什么国王，王后，主教，骗子，小卒；
它本来是一场戏，不过那傀儡
　　是自己牵线，全是自愿去充数。
我的缪斯呵，你怎么像只蝴蝶，
　　有翅而无刺，尽在半空中飞舞，
而不着边际？——假如你是只黄蜂，
恐怕就有不少的罪恶要喊痛。

（查良铮　译）

① 火面将军：可能指乔治·普瑞沃斯特（1767—1816），英国驻北美总督。在第二次美洲战争中作战不力，他在应该派兵驰援时反而下令士兵做饭，因而受讥。

曼弗雷德（节选）

第一幕　第一场

曼弗雷德独自一人。

景——一个哥德式的走廊。

时——中夜。

曼弗雷德

这盏灯需要再加满油，即使这样，
也不能照耀得像我必须醒着的时间那样长。
我的睡眠——假若我睡了——并不是安睡，
那只是一种永久不息的思想的连续，
那时候，我对它是无法抗拒的。我的内心
是彻夜不眠，我的眼睛只是闭起来
向里边瞧；可是我还活着，并且
具有那活人的神态与形体。
然而痛苦应该是明者的导师，
苦恼就是知识：谁要是知道得最多，

那他对这不幸的真理，一定感伤得最深；
“知识之树”并不是“生命之树”[①]啊！
哲学与科学，和那些奇妙事物的
源泉，以及人世间的一切智慧，
我都探索过，而且在我的内心里
有一种力量，使这些东西服从于它——
但那是徒然无用的；我曾给人做过好事，
而且我也曾受到过人们的好处——
但那只是徒然无用的；我曾有过敌人，
任谁也没有难倒过我，许多都在我面前倒下了——
但那也是徒然无用的：——善良，邪恶，生命，
权力和热情，我在别人身上所见到的这一切，
对于我，从那一切不堪回首的时候起，
都好像雨落荒沙了。我没有畏惧，
而且我觉得天罚并没有什么可怕，没有因希望
与愿望而激起的心的跳动，或者对人间
某种事物的隐藏的爱恋。

① 当亚当与夏娃住在伊甸园里的时候，上帝禁止他们去摘食园子里那棵树上的果子，因为恐怕他们吃了，有了智慧，和他一样地知道善恶。一天，蛇道破了上帝的秘密，让夏娃摘食了那棵树上的果子，她又把那果子让亚当也吃了，于是他们的眼睛亮了。上帝因为他们有了智慧，知道善恶，恐怕他们再摘食“生命之树”上的果子，永远活着不死，于是就将他们赶出伊甸园外，让他们去耕种土地，而且派了天使并设下四面转动、发着火焰的刀剑，把守着“生命之树”。（见《旧约·第三章》）

现在言归正传吧！——

神秘的力量啊！

你们这无边的宇宙里的精灵！
在黑暗与光明里我曾搜寻过你们——
你们，你们流转在大地的周围，
居住在更微妙的原素里——你们，你们在那
不可攀登的高山绝顶上，出没游息，
大地与海洋的岩穴，你们也都熟悉——
我凭着这写下的咒语来召唤你们，
它给我以降服你们的力量——来吧！出现吧！

稍停。

他们还没有来。——现在我凭着
你们之中的首领的声音——凭着
使你们颤抖的符箓——凭着那永生者的
命令——来吧！出现吧！——出现吧！

稍停。

假如是这样。——大地与海洋的精灵们，
你们一定不能从我这儿逃脱：我凭着
一种超于一切曾经用过的力量，一个专横的
魔力，这魔力出生于一个被定罪的星球，
那被毁灭了的世界的燃烧着的残骸，
永恒空间里的一个游荡的地狱；

我凭着那在我灵魂上的有力的诅咒，
那萦绕在我内心的思想，我要强迫
你们，来听从我的意志。——出现吧！

一颗明星出现在这走廊的比较黑暗的一端，它是静止不动的。听见一个声音在歌唱。

第一个精灵

俗人啊！你的吩咐我听从，
我来自云层里我的宫廷；
它是薄暮的呼吸所建造，
夏天的落日给镀上黄金，
用着天空的蔚蓝与朱红，
掺杂起做成了我的帐篷；
尽管你的请求也许不准，
我却驾着一道星光降临；
对着你的咒语我来服从，
俗人啊！你的愿望须说明！

第二个精灵的歌声

勃朗山[1]是众山之王，多年前它们

① 勃朗山：阿尔卑斯山的最高峰，在法国的东南部。

　已给它举行了加冕；
它坐在岩石的宝座上，穿着云袍；
　戴一顶白雪的王冠。
围绕它腰间的是耸立的林丛；
　那崩雪紧握在它的手中；
但在它滚下之前，那轰响的雪球
　必须停下，来听取我的命令。
那冰河的寒冷而漂动着的冰块，
　一天天地向前滚转；
但是我就是那个能命令它通过，
　或把它的冰块阻拦的人。
我就是这地方的精灵，
　能使这大山屈服，
并使它那多岩穴的山基战栗——
　你对我有何要求？

第三个精灵的歌声

在湛蓝的海水的深处，
那儿没有喧闹的波涛，
在那儿，风是一位陌生人，
　那儿有海蛇蠕动着；
在那儿，美人鱼用了各种贝壳，

装饰着她那美丽的绿发；
像海面的暴风雨一样，
传来了你那咒语之歌；
在我那清静的珊瑚的宫廷上空，
滚响着它那深沉的回声——
把你的心愿说出吧，
对我这海洋的精灵！

第四个精灵

在那儿，沉睡的地震躺着，
头枕在烈火上，
那些沥青的湖沼，沸腾似的
向上喷放；
在那儿，安第斯山[1]的山脚
深插在大地，
它的众峰，飞翔似的
射入云际；
我已离开了我出生的地方，
来听候你的命令——
你的咒语已使我屈服，

---

① 安第斯山：南美洲西部的大山脉。

　　你的愿望我听从！

第五个精灵

我驾着风儿来去，
　　是暴风雨的煽动家；
那落在后面的暴风，
　　还挟着微温的电花；
我越过海岸与海洋
　　乘着疾风向你奔来；
我途中遇到那些船舶，纵然平安航行，
　　可是在黎明前，将要覆灭。

第六个精灵

我的住所是黑暗的阴影，你的魔术
干吗要用光明，来使我受苦？

第七个精灵

掌管你命运的那个星座，
在有地球前我就掌管着它；
在天空，绕着太阳旋转的星球里，
没有一个再比它鲜明美丽；
它的轨道是那么自由而有规律，

太空怀抱的星星没一个比它更美。
但是那时刻到了——它变做
一个游荡而无定形的火团，
一个无轨道的彗星，一个火源，
它变成了全宇宙的祸患；
但它凭着潜力，仍然向前滚进，
没有范围，也没有轨迹；
在天上，它是个明亮的畸形的东西，
那苍穹里的一个怪物！
而你呀！出生在它的玄秘力量的作用下——
你卑微的人呀！我对你服从并轻蔑——
我被一种力量强迫着（它本来不是你的，
而把它借与你，也无非要使你成为我的）
在这短促的时间内降临，
在这儿，飘忽的精灵们围绕着你，
跟像你这样一个东西来屈身谈判——
泥土的孩子啊！你有何事把我召唤？

七个精灵

大地、海洋、空气、黑夜、群山、暴风、你的星座，
　都来听候你的命令，泥土的孩子啊！
他们的精灵们，在你的请求下都来到你面前——

俗人呀！你请我们有何事情——你说？

曼弗雷德

我要“忘怀”——

第一个精灵

忘掉什么——忘掉谁——为了什么？

曼弗雷德

忘掉我心里的一切；你们向那儿去领会它——
你们是知道它的，我却不能将它说出。

精灵

我们只能把我们所有的东西给予你，
向我们要百姓、王权、那统治世界的
权力——全部的，或一部分——或者要
一种管理大自然的符箓，我们是
这些东西的掌管者，——所有这一切，
都将会属于你。

曼弗雷德

我要忘怀，忘怀自己——
难道你们就不能从你们这么慷慨地提供的

奥妙的领域里，取来我所要求的东西?

精灵

它不在我们的本质里，不在我们的本领内；
但是你可以死去。

曼弗雷德

“死”能将它给予我吗?

精灵

我们是不死的，而且永不忘怀；
我们是永生的；对于我们，过去就像
将来，都在眼前。你得到答复了吗?

曼弗雷德

你们在嘲弄我——但那把你们带到这里来的权力，
已使你们属于我了。奴隶们，别嘲弄我的意志吧！
我所具有的心智，精神，
普罗米修斯的火花与光辉，跟你们的是
同样的灿烂、普及、光芒四射啊！
纵然被关闭在肉体里，但也决不能让步给你们的！
回答我吧，不然，我要教你们知道我的厉害了。

精灵

我们照我们回答过的来回答你；我们的答复
甚至就在你自己的话语里。

曼弗雷德

你们为什么这样说？

精灵

如果像你所说的，你的本质跟我们的一样，
那么我们已经答复过你了，那俗人们叫作
“死”的东西，跟我们是没有关系的。

曼弗雷德

那么，我从你们居住的地方招来你们是无用了；
你们不能，或者不愿来帮助我。

精灵

你说吧；
我们将我们所有的一切都献予你；那是你的；
可是在打发我们走以前，你要想一想，再向我们
要求吧——王国，权力，力量，长寿——

曼弗雷德

该诅咒的！我要那寿命有什么用？
那已经太长了。——去——去你的吧！

精灵

然而等一下：既然来到这儿，我们就愿为你
服务；你且想想看，难道我们就没有在你看来
是有点儿价值的礼物，能贡献给你吗？

曼弗雷德

没有，一件也没有。然而停一停——在我们离别
以前，再停一会儿——我愿面对面地瞧瞧你们。
我听见了你们的声音，那甜蜜而忧伤的歌声，
仿佛是海洋上的音乐；而且我看见了
那颗鲜明的大星辰的稳定的神采；
再没有别的了。以你们的原形，向我走来吧，
一个个来，或一齐上来，以你们平常的形态出现。

精灵

除了那些原素外，我们是没有形态的。
我们是那些原素的意志和精神；但是你选择
一个形态吧——我们愿以那样的形态出现。

曼弗雷德

我是没有什么选择的；在人间，我看来
并没有什么可惜或可爱的形态。就让那个
在你们中间最有权力者，以他认为的
最适当的形态——出现吧！

第七个精灵

（以一个美女的形象出现）

你瞧啊！

曼弗雷德

啊，天啊！倘若是这样，
而且你不是发疯和嘲弄，
我还会得到最大的欢乐。我愿拥抱你，
而且我们又要——

那形象消失了。

我的心碎了！

曼弗雷德倒下，失去知觉。

听见一阵念咒语的声音，

咒语如下：

当月光照耀在海波上，
　萤火虫发光在草地里；
流星陨落在墓场，
　鬼火闪耀在沼地；
当流星正在射落，
相呼应的猫头鹰正在高叫，
当沉默的树叶，在山的
阴影里寂然无声时；
我的灵魂要带着一种力量
和奇迹，降落在你的灵魂上。

纵然你也许睡得很甜，
可是你的精神永不会睡眠；
有那些阴影，它们永不会消失，
有那些思想，你不能把它们驱除；
由于一种你所不知的力量，
你永远不能再安静；
你仿佛被一件尸衣包着，
你仿佛给一片浓云裹着；
你要永远地困惑在
这个符箓的魔力里。
纵然你看不见我打你身边走过，

但是你一定要用你的眼睛觉察到，
我仿佛是一件东西，尽管看不见，但是它
毕竟在你身边，它早已在你的身边了；
而且当你在暗自的
恐慌里，回头看望时，
你一定要惊异，我并不像
你的阴影一样在那里，
你所感到的那种力量呀，
将是你必须躲避的。

一个魔术的声音与咒语，
曾用诅咒来给你施洗礼；
一个空气的精灵，
曾用罗网声住了你；
在风中有着一个声音，
它要禁止你去欢乐；
夜之神要拒绝将她天空的
所有的静谧给予你；
白天将要有一个太阳，
它要使你希望它灭亡。

从你那假泪里，我蒸馏出一种

有戕杀力量的精华；
从你的内心里，我绞出那
最黑的泉源里的黑血；
从你那微笑中，我急抓住那条毒蛇，
因为在那儿，它像在丛莽中似的盘绕着；
从你的嘴唇上，我取出那个符咒，
它是一切主要毒害的源泉；
在验证每种已知的毒素里，
我认为，最毒的毒素就是你。

由于你那冷酷的心与阴险的微笑，
由于你那不可测度的欺诈的深渊，
由于你那双好像善良的眼睛，
由于你那被关闭着的灵魂的伪善，
由于你那使人把你的心当作
是人心的那种完美无缺的鬼伎俩，
由于你那幸灾乐祸的本性，
由于你那跟该隐[①]的兄弟的情分，

① 该隐是亚当与夏娃的儿子，他的兄弟名叫亚柏。亚柏是牧羊的，该隐是种地的。有一天，该隐拿地里的出产为供物献给耶和华；亚柏也将他羊群中头生的，和羊的脂油献上。耶和华看中亚柏和他的供物，只是看不中该隐和他的供物，该隐就大大发怒，变了脸色。后来在田地里，该隐就殴打他的兄弟亚柏，把他杀了（见《旧约·创世纪》第四章）。拜伦曾用这个故事作题材，写成他的另一篇剧诗《该隐》。

我要求你啊！强迫你自己
成为自己的地狱吧！

在你的头上，我泼下这瓶魔水，
它注定着你要去受这灾难；
不能睡眠，也不能死去，
那就是你未来的命运；
尽管“死”仿佛仍接近于你的心愿，
可是你对它还有恐惧；
看呀！这咒语已在你的周围起了作用，
那无声的锁链已锁住了你；
这咒语已走遍了你的心脏和
脑海，——现在你萎缩吧！

第二幕　第二场

在阿尔卑斯山的一个幽深的山谷里。
一条瀑布。
曼弗雷德入场。

曼弗雷德

还没有到正午——彩虹的光线仍用着
天空的各种颜色，笼罩着那条急流，

越过山崖的险峻的绝壁，荡漾着
一片银色的波动的光柱，向前
抛射着它那像泡沫一样的光芒，
来来往往地，像那匹灰色骏马的尾巴一样，
那在《启示录》里所谈的、被“死”所骑着的
那匹巨大的骏马①。现在只有我的
眼睛，在享受这片可爱的美景；
我会独自在这甜蜜的幽境里，
跟这地方的精灵，来分享这流水的
美意。——我要召唤她了。

曼弗雷德用手掬起些水，洒在空中，喃喃地念着咒语。一会儿，阿尔卑斯山的魔女在急流上彩虹的拱形下出现。

美丽的精灵啊！以你那发亮的头发，
光辉闪烁的眼睛，以那样的形体，
就是人间极平凡的姑娘们的姿色，也会
变成天仙，变成更纯洁的
原素的本质；而且你那青春的颜色，——

① 在《新约·启示录》第六章里说：“看见一匹灰色大马，骑在马上的，名字叫作死……”

红得像被母亲的心跳所摇荡着的
一个正在甜睡的婴儿的面颊，
或者像夏天的曙光遗留在壮丽的
冰河的初雪上的玫瑰的颜色，
那大地跟天空拥抱而泛起的红晕啊，——
它渲染着你的绝世容颜，使俯伏在你上面的
彩虹的美丽，也变作平淡无奇。
美丽的精灵呀！从你的静穆清秀的
容颜里，——在那里映现着灵魂的
宁静，它本身就显示着不朽——
我觉察出你是会宽恕一个世俗的人
这样来召唤你，对你细瞧一会儿的；
因为那比你更奥妙的精灵们，有时
也允许他跟他们打交道，——假若他使用
他那符箓的话。

魔女

世俗的人啊！
我认识你，并认识那些给予你力量的精灵；
我知道你是一个思想复杂的人，
具有极端的善和恶的行为，
命定着要遭受那些悲惨的痛苦。

我已经预料到这个——你对我有什么要求？

曼弗雷德

瞧瞧你的美丽——没有别的。
这大地的容颜会使我发狂，
我会躲避在她的奥秘里，冲入
她的那些管辖者的住所——
但是他们一点儿也不能帮助我。我曾向他们寻求过那些
他们所不能给予我的东西，
现在我不再探求了。

魔女

你的探求会是什么，
那最有权力者，那看不见的世界的统治者，
对它都无能为力？

曼弗雷德

是一个恩惠——
可是我为什么要重述它呢？那是无益的。

魔女

我不知道它，请你说出来吧。

曼弗雷德

好，纵然它使我痛苦，然而是一样的；
我应该把我的苦痛说出来。从我年轻的时候起，
我的精神就不与人们的灵魂相交游，
我也没有用人的眼光来观看这世界；
我没有他们的野心的渴望，
我没有他们的生存的目的；
我的欢乐，我的苦痛，我的热情与力量，将我
造成了一个特殊的人；尽管我具有人类的形体，
可是我对那生存着的人类，并没有同情；
在环绕着我的那些泥土的生灵里，也只有
一个人，这个人——我即刻就要谈到她。
我说过，我跟人，我跟人们的思想
是很少接触的；然而代替了这个，
我所感到欢乐的却是在荒野里，去呼吸
那冰雪覆盖着的山顶的令人窒息的空气，
在那儿，飞鸟不敢建筑它们的窝巢，昆虫也不敢
在草木不生的花岗石上，去伸展它们的翅翼；
或者跳入那奔腾的急流，去在那
河流或海洋在流动中所陡然激起的
波涛的涡漩上，滚转前进，
我年轻的体力因这些事情而欢乐；

或者整夜地追随那运行着的月亮、星星
与它们的隐现；或者凝视炫目的
电光，直到我的眼睛昏花的时候；
或者在秋风唱着晚歌的时辰，倾听着，
观望那些纷飞散落的秋叶。
这些都是我的消遣，而且我独自地这样做；
因为如果我遇见了人们，——
我憎恨做他们中间的一个，——
我就感到自己卑微得跟他们一样，
又变成泥土了。于是在我独自的
彷徨里，我潜心于死的奥秘的研究，
从它的结果，去追求它的原因；并从那些
腐朽了的枯骨，骷髅与堆起的残骸里，
去探取那些绝对禁入寻求的结论。于是
我曾费了许多年的深夜，研究那些只有在古代
才教给人们的科学；开用时间与劳动，
用可怕的考验，用那本身仿佛具有
一种驾驭天空的力量的忏悔，用
周行于天空、大地、空间与充满着
人类的无限世界的精灵们，
我使我的眼睛认识了“永恒”，
就像在我之前，古波斯的魔术家们所做的一样，

就像他，那在加大拉把爱罗斯与安台罗斯从他们
居住的泉水里唤出的人所做的一样[①]，
我这样把你召唤来；——跟我的知识一起，
我的求知渴望，以及这个最光辉的
智慧的力量和欢乐增长了，直到——

魔女

说下去呀。

曼弗雷德

噢！我只这样地拖延着我的谈话，
夸耀着那些无聊的东西，因为每当
我谈到我心里痛苦的中心时——
还是谈我的正事吧。我还没有向你说出，
我的父亲，母亲，情人，朋友，或者任何一个
跟我有关系的人；假如我有

① 爱罗斯，希腊神话里的爱神，“爱的女神”阿佛洛狄忒的儿子，跟罗马神话里的丘比特相同。安台罗斯是爱罗斯的兄弟，据传说，公元前4世纪时，希腊哲学家雅布里加斯，有一天同他的朋友们在叙利亚的加大拉温泉里洗澡，他们对这温泉发生了争论。雅布里加斯命他的门徒们去问那地方的居民，那两个比别的都美丽的小温泉叫什么名字。那地方的居民回答他们说，一个叫作爱罗斯，另一个叫作安台罗斯，为什么叫这名字，他们不知道。于是雅布里加斯坐在那温泉边，把手伸在水里，念念有词，从温泉里唤出两个爱神来。后来他又使他们重回到的温泉里。从此以后，他的朋友们都很信服他。

这样的关系的话，在我看来也等于没有——
然而有过一个人——

魔女

不要吞吞吐吐地，说下去。

曼弗雷德

她在容貌上跟我很像——她的眼睛，
她的头发，她的面貌，所有的一切，甚至就连
她的音调，人们都说跟我的一样，
然而她的一切都是温柔的，融合在美丽里。
她具有跟我一样的孤僻的思想与迷惘的心情，
喜欢去探求秘密的知识，而且具有一个
理解宇宙的智力；不仅是这样，跟这些
一起，她还具有比我更温柔的力量，
她有怜悯，微笑与眼泪——这些我没有；
她有温情——而我是对她才有这个；
她谦逊——这是我永远没有的。
我有她的缺点——没有她的美德——
我爱过她，而且把她毁灭了！

魔女

是用你的手吗？

曼弗雷德

不是用我的手，而是用我的心，它使她的
心碎了；它凝视着我的心，枯萎了。我曾经
流过血，但不是她的血——然而她的血流了；
我看见了——却不能将它止住。

魔女

就为了这个——
为了你所蔑视的人类里的一个人，
你自己本来是会超过那种人，
而参加我们和我们的一类的；可是为了她，你竟
抛弃了我们所给予你的那些伟大的知识，而又
退缩到卑微的人类里——去你的吧！

曼弗雷德

空气的女儿呀！我告诉你，自从那个时辰起——
可是语言只是一口气，请你在我睡眠时来看我，
或者观察我的守夜——来，坐在我的身边吧！
自从那个时辰起，我的孤独不再孤独了，

它被复仇的女神占据着；——在黑暗里
我曾怒目切齿，直到第二天清晨，
于是我又诅咒自己，直到日落的时候；——
我曾祈求赐给我疯狂——但是被拒绝了。
我曾向死神挑战——然而在暴风雨中
洪水从我的身边退去，那些致使的
东西，都无伤无害地过去了；一个
冷酷无情的恶魔，用他冰冷的手将我拖回，
他扯着一根头发拖回了我，那根头发可没有断。
我深深地陷入于梦幻，想象，
和我那整个的灵魂的海洋——我的灵魂
曾有一天还是宇宙间的巨富者——
然而像落潮的波浪一样，它将我抛回到
我那不可测度的思想的深渊。
我投身于人群中——在一切的东西里
请求忘怀却没有去找那会寻获它的地方，
而我还不知道；我所研究的科学，
我所长久追求着的非人力所及的技术，
在这儿是不济事的——我困守在失望里——
而且活着——永远地活着！

魔女

我也许能够

帮助你。

曼弗雷德

要帮助我；那么你的力量就必须能把

死人唤醒，或者把我跟他们埋葬在一起。

这样做吧——以任何形式——在任何时候——

用任何的苦痛——因为这是最后的一次。

魔女

那不在我的职分内，可是假如你发誓来服从

我的意志，而且做我所吩咐你去做的事情，

那就可以帮助你，去实现你的愿望。

曼弗雷德

我不愿发誓——服从！向谁服从？向那些命令

他们降临的精灵去服从，去做那些为我服务的

精灵的奴隶——永远不会啊！

魔女

你要说的就是这些话吗？

有没有再温柔点儿的话来回答？——你还是想一想
在你拒绝我以前，考虑一下吧。

曼弗雷德

我已经拒绝你了。

魔女

好啊！那么，我可以退去了——你说吧！

曼弗雷德

退去吧！

魔女隐去。

曼弗雷德

（**独自一人**）

我们是给时间与恐怖所愚弄的人们：时光
悄悄地来了，又悄悄地离去；
可是我们活着，厌恶生活，而更畏惧着死。
在所有那些令人厌恶的被束缚着的日子里——
这个加于挣扎着的心灵上的致命的重压，
那心灵因烦恼而悒梦，因痛苦或欢乐而急跳，
但欢乐的结果，只是苦闷与沮丧——

在所有那些过去和未来的日子里，因为
在生命里是没有现在的，我们只能计算出
多么少的几天——比几天还要少——在这
几许的日子里，灵魂在忍耐着死的渴望，
然而它退缩回来，像从一条冬天的溪流里
退缩回来一样，即使那只是一刹那的寒战。
在我研究的科学里，还有一种技术——我能够唤来
那些死人，向他们询问什么是我们所畏惧的：
那最严峻的答复也不过是坟墓，
但是那也算不得什么。假如他们不答复——
那位死了的预言家曾答复过隐多珥的
巫女[①]；斯巴达的国王[②]，曾从那位
拜占庭女郎[③]的不眠的灵魂里，得到了
他的命运回答——他杀死了他曾
爱过的人，而不知道杀死了什么，
自己终于抱罪死去——虽然他请求了

① 菲利士人要和以色列人打仗，以色列王扫罗因为怕菲利士的军队，命令隐多琪的巫女将撒母耳的灵魂唤来询问。那巫女把撒母耳的灵魂唤来，他对扫罗说："明日你和你的亲子必与我在一起。"（见《旧约·撒母耳记》第二十八章）

② 斯巴达的国王：指斯巴达王坡山尼阿斯。

③ 拜占庭女郎：指克丽奥尼丝，拜占庭的一个贵族女子。

宙夫[1]的帮助，并且在菲加里亚[2]，唤起了
阿尔加狄亚[3]的招魂者，去强迫
那愤懑的幽魂，放弃她的激怒，
或定下她复仇的日期——她用意义
含混的话语答复了他，然而却实现了[4]。
假如我没有活过，那么我所爱的人
一定还活着，假如我没有爱过，
那么我所爱的人一定还是美丽的，
欢乐的，而且给人以欢乐。可是她是什么？
她现在是什么呢？——是我的罪恶的一个遭受者，
一个我所不敢去想象的东西——或者什么都不是了。

---

① 宙夫：罗马神话里的最高的神，亦名朱比德。他和希腊神话里的最高的神宙斯一样。

② 菲加里亚：是古代希腊的一个城市。

③ 阿尔加狄亚：古代希腊的一个山水秀丽的地区，居民以牧羊为业，生活淳朴幽闭。所以后来"阿尔加狄亚"的这个形容词，就含有"村野的""淳朴的""天真的"等意思。

④ 斯巴达王坡山尼阿斯与拜占庭的女子克丽奥尼丝的故事，曾被2世纪初希腊一位著名的传记作家为普鲁塔斯记述过。在他的《赛蒙传》里说：当坡山尼阿斯在拜占庭的时候，曾爱上了那里一个名叫克丽奥尼丝的贵族女子。这个女子请求坡山尼阿斯夜里不要点灯，以便暗中去跟他幽会。当克丽奥尼丝夜里走进坡山尼阿斯的屋里时，不幸在黑暗里碰到了灯台，突然的声音将坡山尼阿斯惊醒，他以为有人来刺杀他，遂在黑暗里拔剑将克丽奥尼丝刺死。从此，这个拜占庭女子的幽魂烦扰着坡山尼阿斯，使他陷于极大的不安和痛苦里。他请求神的帮助，希望能跟这个女子的幽魂讲和。最后，在赫拉克里亚的一个神庙里，他将克丽奥尼丝的幽魂请来，请求她原谅，那幽魂对他说："当你回到斯巴达，你的一切痛苦会被解除的。"这句意义含混的话，预言了坡山尼阿斯的死。

在不多的时间里，我的请求就要生效——
可是在这时，我倒害怕起我所敢做的事情来！
直到现在，我从来没有畏缩过，不敢去向那精灵
注视，无论是善的或恶的精灵——而现在我却在颤抖，
而且我的心头感到一阵奇异的寒冷。
然而我能做出甚至我所最憎恶的事情，而且
我能为人类的恐怖作战。——夜在降临了。

曼弗雷德下。

（刘让言　译）

科林斯的围攻（节选）

第一四～一七，二二～二七节

一四

他感到，夜晚的沁人清爽
使他的灵魂变得较舒畅。
沉静的夜空无风而冷峭，
他的前额沐浴着空气的香膏。
他身后是营地，在他前面
有许多曲折的小港和海湾，
那是利潘多海湾；在德尔法
山峰的眉头，凝固而不化
是永恒的冰雪，高高闪烁，
尽管万千夏季已灿烂地流过
这海湾，这山峰，和这片国土；
与人不同，它不向时间溶注；

暴君和奴隶都已被冲走，
他们在阳光之下不能持久；
但那白纱呵，最轻盈最弱，
却能在高山峻岭上偃卧，
当楼塔和树木都摧毁掉，
它却在它嶙峋的垛上闪耀；
形状是顶峰，高得像浮云，
纹理上像寿衣在铺陈，
离去的“自由”就把它铺下，
当她逃开了她心爱的家，
又在这儿稍停，因此这地方
她预言的精灵久久发出歌唱。
呵，她的脚步有时还回旋
在枯萎的田野，荒芜的神坛，
并指出每一个光荣的表征
想把太破碎的心灵唤醒。
但她的呼声枉然：只有等待
更好的时日发出怀念的光彩，
它曾照过波斯人的奔逃，
还看见斯巴达人虽死而含笑。

一五

艾尔普对那些伟大的时代，
尽管他是叛逃者，不无缅怀；
这一整夜，他一面游荡，
一面对古往今来沉思默想，
他想到光荣的死者在这里
曾为了更崇高的事业而死去，
他感到他能取得的声誉
是多么微弱，多么不值一提：
鼓舞着士气，挥舞着军刀，
一个叛徒充任戴头巾的军曹；
他要率队无法无天地攻城，
最大的成就不过是渎侮神明。
他想到的古人却不是这样，
那些首领的灰就睡在他身旁；
他们在平原上摆出了方阵，
他们没有白白运用这面盾；
他们忠诚地倒下了，但没有死，
好像风在叹息他们的名字，
水波喃喃着他们的英名，
树林被他们的声誉所充盈；

那静静的石柱，苍白而孤立，
和他们神圣的泥土交织一起；
他们的精神笼罩着幽暗的山，
他们的事迹闪耀于水泉；
最细的溪水，最大的河流
融汇着他们的声名而不朽。
呵，不管国土上重轭有多少，
她仍是他们的，仍属于荣耀！
对于人间，将永存这句标语：
谁要想做出高贵的业绩，
必指向希腊，而被她批准后，
就转身来践踏暴君的头：
他向她求助，于是投入战斗，
或者丧失生命，或者赢得自由。

一六

艾尔普在海边静静地冥想，
贪恋着深夜的漂浮的清凉。
那海水没有潮汐，没有涨落，
它永远不变地滚动着浪波；
因此，即使最大、最暴怒的海浪
也不会伸入几码远到陆地上；

月亮无可奈何地看着海滚动，
对她的来去，海水无动于衷：
无论平静，起风，在深渊或浅滩，
她对它的流向没有辖制权。
岩石露着底，没有被水浸润过，
它遥望着浪花，不见它朝前扑落；
它下面有一条泡沫的界限，
那是多少世纪以前留下的线，
在它和绿色的土地之间
有一小条平坦的黄色的沙滩。

他沿着沙滩漫步往下走，
直走到离被围的城墙有
一枪射击的距离，但没人发现，
否则他怎能免于一颗子弹？
可是有叛徒藏在基督徒中？
可是他们的手不灵，心已变冷？
这我不知道；但从那城墙上
没有开火，没有子弹嗖地一响，
虽然他是站在城堡下边，
那城门正对着海虎视眈眈；
虽然他听到声响，甚至听得清

城下的卫兵的不满的话音，
卫兵就在石路上来回地走，
嘚嘚的声响是那么有节奏。
他看见一群瘦狗在城下边
正在死人身上举行欢宴，
嗥嗥地吞噬着尸身和大腿，
只顾吃，还来不及对他狂吠！
它们从一个鞑靼头壳剥下肉，
好像你给无花果去皮，新鲜可口；
它们以白牙嚼着更白的头壳，
有时失灵，碎骨不断地从颚下掉，
它们懒懒咀嚼着死人的骨头，
无法离开原地向别处走；
那倒下的人供应一顿夜餐，
正好把它们长时的斋戒打断。
从沙滩上的头巾，艾尔普知道
这首先倒下的在队中最骄骁，
他们戴的披巾是深红和绿色，
每人的头顶有一绺长发披落，
其余的部分则剃光而赤裸。
现在这头壳已都被野狗吞下，
只有头发还缠着它的下巴；

但在沙滩附近，在海湾上，
蹲着一只恶鹰，对敌一只狼，
狼从山间偷偷来寻找死人，
却被一群狗吓得不敢走近；
但它在海湾的沙滩上找到了
被鸟啄的一匹马，也吃了个饱。

一七

艾尔普闪开了这厌恶的情景；
在战斗中，他从没有胆战心惊；
但他看着垂死者淹没于血泊，
为死前的干渴和抽搐所折磨，
倒易于忍受，而现在他不忍
看到这些不知痛苦的死人。
在危殆的一刻还有一种骄矜，
不管死亡以什么形态来临；
因为是“声名”指定谁流血死去，
“荣誉”的眼睛望着勇敢的事迹！
但这一切过去后，在战地中
走过累累的尸体，看着蛆虫
和空中的飞禽，林中的动物，
都聚拢来，令人感到一种羞辱；

这一切都把人当作掳获，
在人的衰亡中欢庆作乐。

二二

黑夜过去了，太阳放射光明，
仿佛那是一个快乐的黎明。
清晨脱去她灰色的外衣，
轻轻地，灿烂地露出自己，
而日午将盼到炎热的一天。
听吧，喇机声和急骤的鼓点，
野蛮的号角发出了悲声，
旌旗拍击着向前迅速挥动。
马在嘶鸣，万众嘈杂的喧嚣
伴以交锋和“来了，来了”的喊叫。
军旗拔出了地面，刀也拔出鞘，
他们整起队伍，只等一声口令。
鞑靼人，土耳其人和游击骑兵，
卷起你们的帐篷，快向前进；
上马呵，踢刺呵，急驰过沙场，
叫城里逃出的人个个落网，
无论老幼，一个基督徒也别放。
而你们的步兵弟兄，如一团火球，

以血染红了他们的突破口。
马都套上缰辔，对绳喷着气，
马颈弯曲着，鬃毛随风扬起，
它们的嘴咬着马嚼子，吐着白沫；
钢矛举了起来，火柴点了火；
大炮瞄准方向，正准备咆哮，
把已摧毁的墙再摧毁一遭；
每个步兵都排进了方阵，
艾尔普赤裸右臂，带头行进，
他的偃月刀的刀锋寒光逼人；
可汗和巴夏都在各自的岗位，
总督自己率领着整个部队。
只等蛇炮发出信号，就进攻，
让科林斯不留下一条性命——
厅堂没有主人，神坛没有牧师，
大厦没有炉火，墙上没有砖石。
让上帝和先知呵——安拉！
都随这一呼喊而直上天涯！
“有突破口让路，有云梯可攀登，
手放在刀把上，你怎能不取胜？”
无畏的总督库姆吉这样说；
回答是，万千个煞神充满欢乐

和怒火，挥舞着军刀和钢矛：
沉寂——一个信号响起——开炮!

二三

好像狼冲向庄严的水牛，
水牛眼中迸发火焰而怒吼，
以角挑出血，以蹄子乱踢，
它到处践踏，或高高掀起
那挺身当先、只凭着骁勇
朝它冲来的（只落得一命告终）：
正是这样，他们冲向城墙，
正是这样，第一批人受到挫伤；
许多以铜锁甲保护的胸膛
像割断的草叶落到泥土上，
一个冷战，子弹把他们射穿，
又穿到地面，他们再也不动弹；
就这样倒下了，又往高里垒，
好似割草人积起来的草堆，
直割到日之将尽，地已夷平；
正是如此，倒下了死去的先锋。

二四

有如春潮从山岩峭壁间
猛力地冲击，由于不断泼溅
而攻下许多巨大的石头，
苍白而轰鸣地顺水流走；
有如阿尔卑斯山的雪崩，
冰雪滚滚地落到谷中；
科林斯的子弟们终于
被穆斯林大军的一再攻击
弄得筋疲力尽，奄奄一息，
也同样随着巨流被冲去。
他们团结坚定，他们成群倒下，
邪教徒的大军把他们砍杀，
手联手、脚对脚地积成一堆，
那儿除了死亡，一切都鼎沸：
冲打，砍杀，飞驰和喊叫，
不是胜利欢呼，就是投降求饶，
还夹杂着排炮的轰隆，
使远方的城市为之震动，
不知这震天的战斗的吉凶，
是他们、还是敌人占了上风；

不知在那毁灭的声音中
他们该悲哀还是欢腾；
那声音穿过深山，远而又远，
可怕的回音反复地回旋。
那一天，你可以听见它
在萨拉密或在米格拉，
我们听到耳闻者传言：
它甚至波及比雷埃夫斯[①]湾。

二五

从交锋的剑尖到剑柄，
长剑和短剑都被血染红；
但城堡攻破了，开始掳获，
那是大屠杀以后的节目。
现在，从那被劫掠的家屋
更尖声地响起混杂的哀呼。
请听那急速飞跑的脚步
蹚着血水，在滑湿的街路。
但有些地方，只要能找到
对敌抗拒的有利的一角，

① 比雷埃夫斯：希腊海港，在雅典附近。

十几个拼死的人就聚成群，
在那里停下来，又转过身——
他们背对背地靠近墙
凶狠地站定，或战到死亡。

那里有个老人，头发已花白，
但他久经战斗，臂力不衰；
他勇敢地对敌独当一面，
那一天，死者在他的脚前
堆成了一个半圆；
但他仍旧毫无损伤地战斗，
虽然已被包围，逐渐退后。
以前战役中留下的伤疤
都掩盖在他光亮的胸甲下，
但他的身上的每一伤口
都是得自以前的战斗；
虽然老了，他的臂力如铁似钢，
我们的青年很少能和他争强。

他独力困住的敌人在增加，
已多过他稀稀的银白的发。
他以军刀从右向左挥击，

许多奥托曼的母亲在哭泣
那未生的儿子，当他的剑
初次使穆斯林的血迸溅，
而他当时还二十岁不满。
那一天，在他一怒下砍倒的人，
他都可以是他们的父亲。
很早以前他就失去了儿子，
他的怒火也使敌人丧子，
这是自从在那海峡中[①]
他的独生子死于交锋，
他做父亲的铁腕就造成
许多次屠杀的万人冢。
如果阴魂能被屠杀安慰，
巴仇克勒[②]的在天之灵不会
比米诺蒂的儿子更为高兴，
那儿子是在亚细亚的边境
和我们划分界限时丧了生，
于是埋在那已有成千上万
在几千年中被埋下的海岸。

---

① 海峡：指达达尼尔海峡，威尼斯和土耳其曾在此进行海战。

② 巴仇克勒：希腊神话中的武士，他被赫克脱所杀，他的朋友大力神阿基里斯为他复仇，杀死了赫克脱。

呵，留下了什么遗迹能指明
他们埋在哪儿？他们如何丧命？
他们墓草上没有石碑，墓中没有骨头，
除了他们是在诗歌中永垂不朽。

二六

请听那“安拉”的呼喊！穆斯林
有最勇和最精干的一队来临，
他们的队长光着臂，上下挥动，
打击最急速，绝不留情——
那只手裸到臂膀，直指人向前；
他在战斗中就这样轰传。
有的人炫耀华丽的衣服，
引诱贪婪的敌人来掳获；
许多人手执华丽的刀柄，
但没有人的钢刀染得更红；
许多人戴着更高的头巾，
艾尔普只以赤裸的白臂而驰名：
哪儿战斗最激烈，它就在哪里！
在海岸上没有一面旗
像他的旗那样奋勇当先，
在穆斯林的战争中，也从没有旗杆

把骑兵敢死队如此引到一半远；
它看来多像流星坠落远天！
无论哪儿出现那威武的臂，
哪怕最勇的健儿和它相遇，
你就会听到怯懦的求饶，
但对复仇的鞑靼白白呼号；
否则就成为静静倒下的英雄，
在死前决不肯发出一丝哀声，
只聚起他最后的微弱的力气
朝近身倒下的敌人挥击，
尽管相互受伤而晕厥，
手指还抓着地面一片血。

二七

老头子还在挺直地站立，
艾尔普的进程暂时受到阻力。
“罢手吧，米诺蒂！为了你自己，
也为了你的女儿，快放下武器。”

“绝不，叛徒呵，绝不可能！
尽管你赐我活下去，活到永恒。”
“弗兰西斯卡！——哦，应许我的新娘！

难道她也必须为了你的骄傲而死亡？”

“她是安全的。”“在哪儿？在哪儿？”“在天堂，
你那叛徒的灵魂永远够不上——
她远离开你，不会受到亵渎了。”
说完，米诺蒂阴沉地微笑，
他看见艾尔普身形摇摇一低，
好似这些话给了他一击。
“哦，上帝！她几时死的？”“昨夜里，
我没有为她的灵魂升天而哭泣。
我纯洁的一族没有人愿意
做穆罕默德或你的奴隶——
来吧！”但这叫阵没有用，
艾尔普已落进死人一群中。
当米诺蒂以尖刻的言语
发泄着他复仇的怒气，
不料这比他的偃月刀锋——
假如时间容它砍杀——还有用；
正当此时，从附近教堂的门口
（这教堂已长时间地被把守，
其中剩了最后几个拼死者
还要把失败的战斗重新燃着）

射出一枪，把艾尔普击倒在地，
子弹穿进这叛徒的头脑里，
眼睛还来不及看到他受伤，
他已旋转着一头栽到地上；
他的目光一闪，好似冒火焰，
他的身子便朝前软瘫，
让永夜渗入他跳动的躯干；
呵，生命飞逝得不留一星星，
除了他的四肢还轻轻颤动：
人们把他仰面翻个身，
胸和额际都沾着血和灰尘；
从他的嘴唇溢出生命的血，
因为内部的血管刚刚爆裂；
然而他的脉搏不再搏击，
他的嘴边也没有临死的抽泣，
没有轻叹，话语，或呼吸急促
来引导他走进死亡之路；
没有等他的思想祷告上天，
他已不待涂油礼而归黄泉；
也不会希冀天恩来赐福——
他至死是一个叛徒。

（查良铮　译）

该隐（节选）

第　一　幕

第一景　乐园外面——日出时。

亚当、夏娃、该隐、亚柏、亚德、齐娜，正在默祭。

亚　当　上帝，永恒啊！无穷啊！全智啊——
从深渊上的黑暗你创造了光明，
只一句话，满水浮金——致敬！
耶和华，你带回了光明，致敬！

夏　娃　上帝啊！你命名白昼，从黑夜
隔开了清晨，它们一直没有划分——
你一浪一浪地割裂，而且把你
一部分的工作的叫作苍天——致敬！

亚　柏　上帝啊！你把这些原素分别称为
土地、海洋、空气和火，带来了白天
和黑夜，这些照耀世界，或使它

幽暗，你又创造人类享受它们，
人类爱它们，也爱你——致敬！致敬！

亚　德　上帝，永恒啊！万物的始祖啊！
你创造了最善和最美的人类，
他们，除你之外，比一切都可爱——
让我爱你，也爱他们——致敬！致敬！

齐　娜　啊，上帝！你爱，创造，和赐福万物，
然而你允许毒蛇爬进乐园，
将我父亲从那里赶了出来，
使我们不再接近罪恶——致敬！致敬！

亚　当　该隐，我的大孩子，你为什么不说话？

该　隐　我为什么要说？

亚　当　祈祷。

该　隐　你们不是做了？

亚　当　我们祈祷了，最虔诚地。

该　隐　大声地：
我已听到了。

亚　当　上帝也听到了，我相信。

亚　柏　阿门！

亚　当　但你，我的长子，还未开口。

该　隐　我还是不说好。

亚　当　为什么这样？

该　隐　我一无所求。

亚　当　也无所感激吗?

该　隐　没有。

亚　当　你不是活着?

该　隐　我一定不死?

夏　娃　唉!我们禁树上的果实开始落下了。

亚　当　我们又要去捡果了。

啊,上帝!你为什么种了知识之树?

该　隐　你们为什么不采食生命之树?

怕会侮辱上帝吧。

亚　当　啊,我的儿,

不要骂神:这都是蛇的话。

该　隐　为什么不?

蛇说"实话":"是"知识之树;

这"是"生命之树;知识是善,

生命是善;二者怎能是恶?

夏　娃　我的孩子。你说的,像我生你之前

说的一样,有罪的:不要让我看见

我的痛苦在你身上复活。我懊悔了。

不要让我看见我的儿子跌进了

乐园墙外的陷阱,它甚至于

毁灭了他原来住居园中的双亲。

满足你的现状吧。如果我们早就
这样，你现在就满足了。——我的儿啊！

亚　当　我们的祈祷做好了：那么让我们
每一个去干他的工作吧——不苦重，虽是
必要：泥土年轻，会仁慈地给我们生产
果实，只要稍费劳力。

夏　娃　该隐我的儿，
瞧你的父亲高兴的，而且顺从的，
照样做工去了。
（亚当和夏娃出。）

齐　娜　你不去吗，我的兄弟！

亚　柏　你的面上为什么带着忧愁，
这对你没有好处只会激起
上帝的愤怒？

亚　德　我亲爱的该隐，
你竟对我也不高兴？

该　隐　不，亚德！不；
我倒愿意独自一会儿。
亚柏，我心里不舒服；但就会好的。
请先走，弟弟——我立刻跟上来。
姐妹们，你们也不必等在后面；
绝不敢有违你们的好意：

我就跟上来。

亚　德　假使你不来，我要

回到这儿找你。

亚　柏　愿上帝的和平

落在你的心上，哥哥！

（亚柏、齐娜、亚德出）。

该　隐　（独白）这就是

生命！——劳动！我为什么要劳动？——因为

我的父亲不能继续住在伊甸园中。

在园内“我”又干了什么？——我还未出生：

我不求出生；我也不爱惜

那诞生带给我的情况。他为什么

听从这条蛇和这女人？或者，

听从了，为什么受苦？园里面有什么？

种了树，又为什么不是替他种的？

要不是，何故放近他，它长在那儿，

园中最美丽的一株？他们只有

一个答案对一切问题，“是‘他’的意志，

‘他’就是善”。那我怎么知道？因为

他是全能的，那么，他一定是至善？

我只凭果实判断——它们都很酸苦——

我靠它们养活不算是我的过失。

谁在这里？一个像天使的形象，
但这付相貌更严峻，更悲忧，
确含灵物的本色，为什么我发抖？
我何故更怕他比怕别的灵物，
我天天看见他们挥动他们的火剑
在大门前面，那里我常去徘徊，
每当黄昏时光，想看一眼
那片园地，是我合法的遗产，
其时夜幕还未落在禁墙上
和永远不枯的树上，它们高过
由天使们守护着的雉堞？
如果我不怕手持火器的天使，
我为什么要怕他，此刻走近来的？
但他仿佛远比他们高贵，也非不及
他们美丽；然而总不像从前
那样好看，那时他或者不差：他永生
好似还带一半忧梦。是这样吗？
人类之外，任何东西也都悲伤的？
他来了。

（罗锡福入。）

罗锡福　凡人！

该　隐　灵物，你是谁？

罗锡福　灵物之主。
该　隐　既如此，你能离开
　　　　他们和泥土同行？
罗锡福　我知道
　　　　泥土的思想，同情它，和你一道。
该　隐　怎么！
　　　　你知道我的思想？
　　　　所有思想中
罗锡福　你的配称思想；——是你不朽的部分，
　　　　诉说在你的心中。
该　隐　什么不朽的部分？
　　　　这倒没有泄露过：生命之树，
　　　　不准我们采食，因为我父亲的愚昧，
　　　　知识之树，因为我母亲的焦急，
　　　　也摘得太快了；这些果实就是死！
罗锡福　他们骗你了；你会活下去的。
该　隐　我活着，
　　　　但为死活着；活着，也看不见东西
　　　　使死变得可恶，除了天生的固执，
　　　　一个可惜，然而完全无法战胜的，
　　　　求生本能，我就痛恨它，像我
　　　　鄙视自己一样，可是不能克服——

我这样活着。愿我从未活过！

罗锡福　你活着，你一定永远活着；不要以为
泥土就是存在，它是你的外形，
它将毁灭，然而你却不会
比现在更少。

该　隐　不"更少"！为什么
不更多？

罗锡福　你可能像我们一样。

该　隐　你们？

罗锡福　是永生的。

该　隐　你们快乐吗？

罗锡福　我们伟大。

该　隐　你们快乐吗？

罗锡福　不；你呢？

该　隐　我怎么会？瞧我！

罗锡福　可怜的泥土！
我看你是假装不幸的！你！

该　隐　我是不幸：一你，有的是力，你是什么？

罗锡福　渴望是创造你的什么，可是
不愿创造你像你现在这样？

该　隐　啊！
你看起来好像是上帝；而且——

罗锡福　我不是：

我失败了做一个上帝，什么都不愿

除了像如今这样。他胜利了；让他统治！

该　隐　谁？

罗锡福　你祖先和地的创造者。

该　隐　和天，

和天地间万物的创造者。我听见了

他的天使这样唱，我的父亲也这样说。

罗锡福　他们说——他们必须唱什么，说什么，

否则，要受处罚，那是像我这样——像你——

我是灵物，你是人。

该　隐　那是什么？

罗锡福　是灵魂，敢利用它们的不朽——

是灵魂，敢面对全能的暴君，

看着他永恒的脸孔，告诉他

他的恶不是善！假使他创造了，

像他说的——这我不知道，也不相信

但是，如果他创造我们——他就不能毁灭；

我们是永生的！一不，他要毁灭我们，

好使我们受苦——让他去吧！他伟大——

但在他的伟大中，不会更快乐

比我们在斗争中！善良不会制造

罪恶；此外他创造了什么？但让他
坐在巨大和孤寂的宝座上，
造出许多世界，为了使永恒
少些烦累对他无穷的存在，
更能忍耐独自享受的寂寞；
让他把球体挤上球体：只有他
是大不可量，坚不可化的霸主；
如果他只好粉碎自己，这是最好礼物！
他会允许的；但让他统治下去吧，
让他增加他自己的苦恼吧！
灵物和人类，至少我们互相同情——
因为我们共受患难，使我们的痛苦，
虽不可计数，但是更能忍受，
由于我们全体中间无限的契合！
但是“他”啊！高高在上，如此不幸，
在他不幸中又如此不安，势必
创造，再创造——

该　隐　你对我说的事情早就浮游
在我的思想中像幻影；我从未能
调和我的所见和我的所闻。
我的爸爸和妈妈对我谈起过
关于毒蛇、果子和禁树：我看见

所谓他们的乐园的大门
由手持火剑的天使守护着，
把他们和我都关在外面：我觉得
每天劳动的繁重，不变的思想：
我环视世界，在那里，我仿佛无有，
就以这些思想，出现在我的心中，
它们好像能控制万物——但我只想
这种苦恼是“我的”。我的父亲
已被驯服了；我的母亲忘记了这心思，
使她对于知识的渴求冒着
一个永远的诅咒；我的兄弟是
一个看守羊群的牧童，献出
初生的羔羊给他，他就吩咐
土地不给我们生产，如果不流汗；
我的妹妹齐娜一早起来唱赞美诗，
早于鸟儿的朝祷；我的亚德，
我自己的爱人，她也不了解
这心思磨难着我；迄今从未
遇到和我同情的任何人。
好的——我宁愿和灵物做伴。

罗锡福　要是凭你自己的灵魂，你不配
这种交谊，此刻我也不愿意

就像我这样站在你前面，一条蛇
已够迷惑你们，好比在过去。

该　隐　啊！“你”引诱过我的母亲？

罗锡福　我不诱人，
我只说实话：这棵树可不是
知识之树？生命之树可不是
还结满果子？我叫她不要摘没有？
难道我种过违禁品在人类
能及的范围内，清白的人，他们好奇
正由于他们的清白？我要使你们
成为上帝；就是“他”赶走你们，这样做
因为“你们不该吃生命的果子，
成为上帝像我们”。那是他说的吗？

该　隐　是的，像有人告诉我听他说过，
有如雷鸣。

罗锡福　那么，谁是魔鬼？是他
不要让你们活的，还是他，
早想使你们永远活在欢乐
与知识的权力中？

该　隐　愿他们摘了
两种果子，或者都没有！

罗锡福　一种是你的了，

另一种可能仍属于你。

该　隐　怎么会?

罗锡福　只要是

你自己，在反抗的时候。没有东西

能征服这颗心，如果它将是它自己

和四周万物的中心——它是为统治

而创造的。

该　隐　但你引诱过我的双亲?

罗锡福　我?

可怜的泥土！我为什么，或怎样，引诱他们?

该　隐　他们说这蛇是一个灵物。

罗锡福　谁

说那话?天上没有这样写着：

这骄傲的家伙不会如此说谎吧，

虽然人类的大恐惧和小虚荣

会使他把自己卑贱的弱点

都推在魔性上面。蛇“就是”蛇——

别无所有：但不比他所引诱的更少，

本质上也是泥土——“智慧”却“较多”，

因为他能征服他们，且先知道

这知识是致命的，对他们有限的欢乐。

你以为我愿化身为要死的东西?

该　隐　但这东西有魔性吗？

罗锡福　在那些人中

他只唤醒一个，用叉舌对他说话

我告诉你了蛇不是别的，

只是蛇罢了：你可以请问天神，

他们守护着引诱的树。当几千年代

渡过你们和你们后裔的死灰，

那时世界的初民可能这样掩饰

他们最早的错误在神话中，再派给

我一个我所鄙视的形状，像我鄙视

向他鞠躬的一切，他创造万物只为了

在他阴影孤独的永恒之前低首；

但我们见到真理必须说它出来。你

蠢得可爱的双亲听信了爬虫，

倒下来了。魔物为什么引诱他们？

在乐园这个小范围内有什么

可羡慕，对于那些遍布空间的灵物——

但我要说给你听你所不知道的事情，

就算吃下所有知识之树。

该　隐　但你不能

说有关知识的事物，我不愿知，

不渴望着知，又无心去

了解的。

罗锡福　你想看一看吗?

该　隐　且待证明。

罗锡福　你敢看一看“死”?

该　隐　他倒还没有
见过。

罗锡福　但定要碰到。

该　隐　我的父亲
说他是可怕的东西，我的母亲
听人说到他就流泪；亚柏就举目
朝天，齐娜就投她的视线在地面，
轻声祈祷；亚德尽瞧着我
不发一言。

罗锡福　你呢?

该　隐　神秘的思想
挤满我的胸中燃烧，当我听到
这个万能的“死”，他好像是没有人
能够避免。我可以同他扭打吗?
当我是个孩子，我常和狮子打着
玩儿，直至他从我掌握中怒吼逃开。

罗锡福　死没有形体；但他会吞噬万物，
只要具有泥制的身像。

该　隐　啊！

我想死是一个宝物：谁能干得出
这种为害万物的坏事，若非宝物？

罗锡福　去问“毁灭者”吧。

该　隐　谁？

罗锡福　造物——称他
什么随你的便；他创造只为了毁灭。

该　隐　那我不知道，但想着它，自从我听到
死：虽然我不晓得它是什么，
但它像是可怕的。我向外看，
在这广漠荒凉的夜间找他；
当我瞧见许多巨大的影子
在伊甸园围墙的荫翳中，交织着
天使火剑的闪光，很远都看得见，
我注视着什么，以为他来了：
因我心中有所畏惧，渴望知道
它是什么震动我们全人类——但没有来。
于是我转开我疲乏的视线
从我的故乡，现在是一座禁园，
抬头看看我们上面的光体，在苍空，
它们是如此美丽：它们也要死吗？

罗锡福　也许——但比你的同类和你活得长久。

该　隐　那我很快活：我不愿它们死灭——
它们这样可爱。什么是死？我怕，
我觉得它是凶恶的；但究竟是什么，
我不能猜测：它被指责攻击我们，
包括有罪的和无罪的，它是一个恶物——
什么恶物？
罗锡福　溶解在泥土里面。
该　隐　但我会知道它吗？
罗锡福　因我不知道死，
我不能问答。
该　隐　我若是安乐的泥土，
那也不坏；愿我决非其他事物，
只是泥土！
罗锡福　那是下流的愿望，
竟不及你的父亲，因他愿知道。
该　隐　但不愿长生，否则，他为什么不摘
生命树？
罗锡福　他被阻止了。
该　隐　致命的错误！
没有先攫取那果子：——但在他采摘
知识之前，他是不知道死的。

啊！我如今还不明白它究为何物，
但我怕它——怕我不知道它是什么！

罗锡福　我，知道万物，就无所惧怕！要明白
什么是真知识。

该　隐　你愿告诉我一切？

罗锡福　好的，有一个条件。

该　隐　你说。

罗锡福　那就是
你跪下来，而且崇拜我——你的主。

该　隐　你不是我父亲崇拜的神。

罗锡福　不。

该　隐　他的同辈？

罗锡福　不：——我没有什么和他相同！
也不愿如此：什么都可以，天上——地下——
只要不是他权力的分享者，或是
他权力的奴隶。我分开住，但我伟大：——
如今有许多人崇拜我，将有
更多的人——你就算第一个吧。

该　隐　我从未
对我父亲的上帝磕过头，
虽然我的弟弟亚柏常哀求
我和他一块儿献祭：为什么

我对你鞠躬?

罗锡福　你从未跪过

他吗?

该　隐　我不是说了吗?——用得着说它吗?

连你伟大的知识都不能将那告诉你?

罗锡福　不向他鞠躬，人就向我鞠躬了。

该　隐　但我不愿向你们两个鞠躬。

罗锡福　可是

你就得崇拜我：既不崇拜

“他”，这使你成为我的崇拜者。

该　隐　为什么?

罗锡福　你就会知道——以后。

该　隐　只请你说明

我存在的神秘。

罗锡福　跟我来吧，

我要带你去一个地方。

该　隐　但我要退下

耕种土地——因为我答应了——

罗锡福　干什么?

该　隐　挑选些初熟的果子。

罗锡福　为什么?

该　隐　献祭，

同亚柏一道。

罗锡福　你不是说从没有

对创造你的他低首过吗？

该　隐　是的——

但亚伯诚恳的请求使我感动；

这献祭是他的，更多于我的——亚德——

罗锡福　你为什么踌躇？

该　隐　她是我的姐姐，

我们是在同一天，从同一胎出生；

她用泪向我强求这允许，

不愿看她哭泣，我想，我宁可

忍受一切，什么都崇拜。

罗锡福　跟我来！

该　隐　好的。

（亚德入。）

亚　德　我的兄弟，我特来请你；

这是我们休息和欢乐的时间——我们

没有你就减少兴趣。你没有做工

今天早晨；但我做了你的工作：果子

成熟了，发亮的像使它成熟的光体；

走吧。

该　隐　你不看见？

亚　德　我看见一个天使；
　　　　我们见过许多；他愿分享我们
　　　　休息的时间？欢迎。

该　隐　但他不像
　　　　我们见过的天使。

亚　德　还有其他天使？
　　　　但他受欢迎，像他们一样：他们俯允
　　　　做我们的客人——他呢？

该　隐　（对罗锡福）你呢？

罗锡福　我请
　　　　你做我的客人。

该　隐　我一定跟他去。

亚　德　离开我们？

该　隐　是的。

亚　德　“我”呢？

该　隐　可爱的亚德！

亚　德　让我同你一道去。

罗锡福　不，她不可以。

亚　德　你是谁，一脚跨进心和心的中间？

该　隐　他是一个神。

亚　德　你怎么知道？

该　隐　他说话像一个神。

亚　德　蛇也一样，可是它说谎。

罗锡福　你错了，亚德！——这树可不是知识之树？

亚　德　是的——我们永远的苦难。

罗锡福　但那忧伤是知识——这样他不说谎：

假使他迷惑了你们，还是用实话；

在它自己本身，实话不能不是善。

亚　德　但我们从它得知的一切积聚了重重罪恶：

如从我们家园的放逐，

如恐惧，劳苦，流汗，以及抑郁；

对过去只有懊悔——对未来抱着希望。

该隐！不要跟这魔物走。

用我们忍受过来的忍受着，爱我——我也爱你。

罗锡福　更爱他比爱你的父母？

亚　德　是的。那也是罪恶？

罗锡福　不，还不是，

有一天它会落在你们孩子身上。

亚　德　怎么！

我的女儿不一定爱她的兄弟安诺克？

罗锡福　不像你那样爱该隐。

亚　德　啊，上帝！

他们不相爱？也生不出相爱的东西

从他们的爱情？他们不是吸了乳

从这个胸口？他，他们的父亲，不是
出生于同一个胎包，同一个时辰
和我？我们不是相爱着了？
在繁殖我们人类时，我们不是
繁殖会相爱的东西，像我们爱
他们一样？——我爱你，该隐啊！不要
跟这魔物走；他不是我们的同类。

罗锡福　我说的罪不是由于我的制造，
不能在你身上是罪——不论它
像什么在那些人身上，他们将继你们死灭。

亚　德　什么是罪，它本身不是罪？
难道环境也能制造罪或善吗？
——如果这样，我们都是奴隶，做——

罗锡福　你们是比奴隶更高级的东西；
要比他们高级或会变为奴隶，
如果他们不愿自主，忍受痛苦，
宁可奴颜婢膝，减少磨折，
唱赞美时，弹竖琴，做自私的祈祷，
对着什么是万能的，就因为
它是无所不能，倒并非出于爱，
但出于恐惧和私愿。

亚　德　全能必是至善。

罗锡福　伊甸园中是这样吗？

亚　德　魔鬼！不要用美引诱我；你更妖灵
比这条蛇，可是一样虚伪。

罗锡福　一样诚实。
请问夏娃，你的母亲：她不是有了
善恶的知识？

亚　德　啊，我的母亲！你
摘了禁果，为害你的后代
更甚于你自己；至少你渡过了
你的青春在乐园中，在纯洁
和快活的交谈中，同快活的精灵：
但我们，你的孩子，不知道伊甸园，
又被魔鬼包围，他们假说着
上帝的语言，引诱我们用我们自己
所不满和奇怪的思想——像你
被这条蛇所迷，当你在最兴奋、
轻率，无害和快乐的放浪中。
我不能回答这个不死的东西，
它就站在前面；我不能憎恨他；
我看着他充满欢喜的恐惧，
然而我不逃开他；在他的眼里
有一股紧紧拉住人的吸引力，

使我惑乱的眼盯着他的；我的心
跳得很急；他威吓我，但拢近我：
越拉越近了：该隐——该隐——救我出来！

该　隐　什么恐吓我的亚德？这不是恶魔。

亚　德　他不是上帝也非上帝属下：
我见过小天使和大天使；他看起来不像他们。

该　隐　但还有更高级的灵物——天使长。

罗锡福　比天使长还要高贵。

亚　德　呀！但不幸福。

罗锡福　如果这种幸福含有奴性——我不要。

亚　德　我听说如此，
大天使“爱得最多”——小天使“懂得最多”——
这个该是小天使吧——因为他不爱。

罗锡福　假使更高级的知识消灭爱，
“他定是”什么，当被知道时你不能爱他？
因为全知的小天使爱得最少，
大天使的爱只不过是无知罢了：
你们可爱的双亲的命运，由于
他们勇敢，证明着二者不能相容。
在爱和知中间选择吧——因为没有
别的选择；你们的爸爸已经选了；
他的崇拜只是恐惧。

亚　德　啊，该隐！选爱吧。

该　隐　为了你，我的亚德，我不选——

我生来有爱——但我别无所爱。

亚　德　我们的双亲？

该　隐　他们爱我们吗，当他们从树上

摘那东西使我们逐出了乐园？

亚　德　那时，我们还未出世——若已出世，

我们不爱他们和我们的孩子吗，该隐？

该　隐　我的小安诺克！和他咿唔的妹妹！

只要我想他们快活，我会一半

忘记——但是决不能忘记，就是

经过三千年代！人们决不会

爱着这个人的纪念物，他

种了罪恶和人类的种子在

同一时辰！他们采摘知识之树，

因而犯罪了——还不满足他们自己的苦恼，

生出了“我”——“你”——所有活着的这几个，

和一切尚未计数与不可计数的

人众，几百万，几千万万，可能出生，

继承着一代一代累积的苦难！——

而“我”呢，势必是这种东西的始祖！

你的美和你的爱——我的爱和我的乐，

狂喜的片刻与平静的时日，
在孩子和我们彼此间所爱的一切，
只引导他们和我们自己经过许多
罪和苦的岁月——或只几年，但仍忧伤，
同一个短时欢乐的片刻相交织，
走向死亡——这怪物！我想知识之树
没有实践它的诺言：——他们若犯罪，
至少他们应该知道一切有关
知识的事情——和死亡的神秘，
他们知道什么？——知道他们是可怜的。
那又何用蛇和果子来告诉我们？

亚　德　我是不可怜的，该隐，假使你快乐——

该　隐　那么你一个人快乐去吧——
我愿和快乐一点也不相干，
它使我和后代屈辱。

亚　德　我不能孤独，
也不会快活；但和我们的亲人一道
我想我能快活，纵使有死，
因我不知道它，我不怕它，虽然
它好像是一个可怕的影子——假使我可
从我听说过的什么判断。

罗锡福　你不能独自快乐吗，你说？

亚　德　独自！啊，上帝！
谁能一个人快乐，或善良？
孤独对于我仿佛是受罪；除非
当我想起很快就可看见我的兄弟，
他的兄弟，我们的孩子，我们的双亲。
罗锡福　但你们的上帝是孤独的；他快乐吗，
孤独的，他善良吗？
亚　德　他不这样；他有
他的天使和人类一同作乐，
这样在传布喜悦中他高兴了；
除了扩展的喜悦，还有什么其他喜悦？
罗锡福　请问你父亲，新从伊甸园逐出的流犯；
或问他的长子；或你自己的良心；
它不安静。
亚　德　啊！不！那么你是——
你来自天国？
罗锡福　我若不是，去质问
这个普遍施展快乐的原因吧，
（像你宣布的）它属于生命和生物的
至大和至善的创造者；这是
他的秘密，他保有它。“我们”必须忍受，
我们中也有人反抗，同样都是徒然，

他的大天使们说：但值得考验，
因为不经考验，就不可能更好。
有一种智慧存在灵物中，它指向
正路，像在幽暗碧蓝的天空，
你们，年轻的凡人，你们的眼立刻
看见这守望的星，迎接黎明。

亚　德　这是一颗美丽的星，我爱它因为它的美。

罗锡福　为什么不敬仰?

亚　德　我们的父亲
只敬仰冥冥造物。

罗锡福　但冥冥造物的
许多象征就是可见事物中
最可爱的东西；那边的明星
是天空众星的领导。

亚　德　我们的父亲
说他看见过了上帝自己，
他创造他和我们的母亲。

罗锡福　“你”见过他?

亚　德　是的——在他工作中。

罗锡福　但在他存在中呢?

亚　德　不！——
除在我父亲身上，他是上帝的形象；

或在他天使们身上，他们像你——
更光明，但较少美丽，少有权力，
在外貌上；有如肃静明耀的正午，
一片光辉，天使俯视我们；但你却像
缥缈的夜空，那里长条的白云
划在深深的紫色上，无数的星
装饰着奇异神秘的苍穹
用这些东西，看起来好像太阳；
这样美丽，这样众多，和可爱，
不眩目，然而把我们拉近它们，
我的眼睛充满泪水，你的也一样。
你仿佛不快乐，不要使我们如此，
我要为你哭泣。

罗锡福　哎唷！那些泪啊！
只要你明白将泪流成什么海洋——

亚　德　由我？

罗锡福　由一切。

亚　德　一切什么？

罗锡福　数百万万——
数千万万——住满了人的地球——无人的地球——
人口过多的地狱，
你的胸口是它的胚种。

亚　德　啊，该隐！

这灵物诅咒我们。

该　隐　让他说下去；

我要跟他走。

亚　德　去哪里。

罗锡福　一个地方。

他会从那里回来在一小时之内；

但在那点钟里会看到无数年的事物。

亚　德　那怎么会？

罗锡福　你们的创造者不是创造

这新世界从旧世界只有几天？

我，在这工作上帮忙过的，就不能

带你一小时内看他几天创造的什么，

或几天就毁灭了？

该　隐　走吧。

亚　德　真的，

他会一小时内就回来？

罗锡福　他会。

对于我们，行动不受时间限制，我们

能把永恒挤塞在一小时里面，

或者扩展一小时在永恒之中：

我们呼吸不依一个凡人的量度——

但那是一个神秘。该隐，跟我来吧。

亚　德　他会回来？

罗锡福　是的，女人！只有他
来自凡人，将从那地方（第一和最后
会回来的人，除“一人”外）回到你这里，
为了使那静寂和预期的世界，
像这个一样稠密：现在那边
只有几个居民。

亚　德　你住在什么地方？

罗锡福　整个空间。我该住哪儿？不论哪儿
有你的上帝和诸神——就有我：万物
都和我分享；生与死——和时间——
永恒——天和地——以及那个东西，
它不是天，又非地，但住满了人的，
他们住过或将住在天上和人间——
这些都是我的国境！这样我分得了
“他的”，而且占有了一个王国，不是
“他的”。假使我不是像我说的那样，
我能站在这儿？他的天使看得见你们。

亚　德　他们看见，当这美丽的蛇
第一次和我们母亲说话。

罗锡福　该隐！你明白。
假使你渴望知识，我能满足
那饥饿；不要求你共享禁果，
这些会使你丧失唯一的善良，
征服者留给了你的。跟我来吧。
该　隐　灵物，我说过了。
（罗锡福和该隐出。）
亚　德　（追上去，喊着。）
该隐！我的兄弟！该隐！

（杜秉正　译）